恋爱是一场革命

[日]渡边淳一

侯为 译

青岛出版社

目录

布什也可怜 / 001

不要年龄限制 / 005

女性专用车厢不够用 / 010

不爱真人爱玩偶 / 014

花田家的过失 / 019

因和平而过度幸福的日本 / 024

追二兔者 / 029

广州的多元化魅力 / 034

食在广州 / 038

冷淡的妻子也有好处 / 042

颜值与装扮 / 047

恋爱是一场革命 / 051

冬鳗鱼与夏河豚 / 056

德国人看"奥斯维辛" / 061

老年人医疗费居高不下 / 065

秋来未必待夏去 / 070

想跳的家伙就跳吧 / 074

《NANA》观后感 / 077

不能呼吸同样的空气 / 082

车座朝后引发的诉讼 / 087

受孕日重于生日 / 092

关于演讲会 / 097

恋药癖的下场 / 102

高尔夫与小说 / 107

俏皮的鞋 / 112

关于历史认识 / 117

岁末问候信 / 122

中老年离婚 / 126

国耻电影 / 130

少女的洁癖 / 135

坚持是一种才能 / 139

心脏移植纳入社保 / 144

有知识却无理智 / 149

所谓女士优先 / 152

男宠大奥不存在 / 156

为什么当作家 / 160

春天已不遥远 / 165

政治孩童 / 170

老公在家综合征 / 174

靠数据看病 / 178

夫妻不同姓难以实现 / 183

服药的方法 / 188

组建"安乐死研讨委员会" / 193

樱花、樱花、樱花 / 198

癌症医疗最前线 / 203

《卡萨布兰卡》中的男人和女人 / 207

观看宝冢歌舞剧 / 212

后　记 / 217

布什也可怜

近来,媒体依旧连续发出令人心情沉重的报道。不过,其中唯一妙趣横生的就是劳拉夫人对布什总统的讽刺。

2005年4月30日,常驻白宫的记者们与布什总统夫妻在华盛顿市内某酒店举行晚餐会。可能因为聚集在现场的人们都与总统夫妻熟识,所以总统刚刚开始致辞,劳拉夫人就以插话的方式发言了。

劳拉夫人说道:"如果在平时,我丈夫(布什总统)现在已经发出鼾声啦!因为他通常都是9点钟睡觉。"

她还说:"由于这个缘故,我只好独自一人看《绝望的主妇》。"

这话令记者们大吃一惊。

这是因为,《绝望的主妇》是ABC电视台以家庭主妇对性生活不满等为主题制作的当红栏目。

总统夫人接下去又断定地说:"我和林恩·切尼(副总统夫人)真的是绝望的主妇哦!"

据说,那些驻白宫的记者对这种大胆的发言也十分惊讶,但在接下来的瞬间便发出了爆笑声。

在这则报道中还附有放大的照片,上面的布什总统的面孔稍显苦涩,而劳拉夫人则笑容满面。

看到上述报道,或许有人觉得那都是在某些气氛轻松的场合中常见的说笑,但考虑到总统夫人甚至透露了就寝时刻,那就不能当成玩笑话了。

而且,如果真是开玩笑的话就不能把副总统夫人也扯进去。另外,那张将平日郁积的憋屈一扫而光的笑脸也十分有说服力。

但是,总统58岁,与夫人同龄。总统怎样暂且不论,夫人看上去确实十分健康且依然精力旺盛。若总统每晚9点钟就睡觉,夫人当然会欲求不满。

既然总统夫人在看《绝望的主妇》,那么她也够可怜的。这样一来,或许很多女性都觉得平凡的工薪阶层的妻子们比总统夫人强多了。

然而,现如今日本的工薪阶层也精力不足了。暂且不说能不能在晚上9点钟睡觉,反正大都是一到家就倒头睡觉。

由于这些原因,无性生活的夫妻有增无减。根据某项调查报告,40岁到50岁的无性生活的夫妻超过了50%。

这就是说,总统夫人欲求不满的情况与日本工薪阶层的夫人们的情况相当。由此我们可以进一步推断,在场记者的妻子们也有相同的欲求不满。

那么,这些丈夫们的精力不足和妻子们的欲求不满来自何处呢?其最大的原因就是——在一起。

换句话似乎也可以说是因为结了婚。

虽说如此,劳拉夫人还是太任性或者说太不懂男人了。

她的意思是丈夫9点钟就睡觉而不找她求欢,可对方毕竟是美国总统。

善恶优劣暂且不论,在现实中,美国总统拥有至高的权力,其一举手一投足都会影响到美国人的生活。

他的身边日夜不停地汇集着来自世界各地的情况报告,他必须对其进行分析和判断,最终做出决策。

做出最终决策是精神负担最重的事项,无疑会使他感到疲惫不堪。

毋庸赘言,这与社会上的评论家站在局外人的立场上说长道短相比,真可谓天地之别。

再加上做出决策之后,诸如"布什真蠢""他是个疯子"之类的批评和谩骂必然是天天不绝于耳。

若想顶住这些批评和谩骂继续当总统,没有足够的精力根本无法做到。

可是,劳拉夫人却埋怨布什总统晚上9点钟就睡觉而导致缺乏性生活,从这一点上来说她对丈夫是不是太不体谅或者说过于冷漠了呢?

男人这种动物,如果不能做到放松心情以及充分养精蓄锐就没心思找女人求欢。

关于这个问题,只要读过我写的《男人这东西》和《丈夫这东西》就会完全明白。

不管怎么说,作为总统夫人要想获得满意的性生活确实不太容易。

所以作为第一夫人,若想集全世界艳羡目光于一身就该放弃性生活之类的。

如果做不到的话,那就舍弃第一夫人的地位好了。

无论东方还是西方,男女的心思都不一样,很难做到相互理解。

这次晚餐会上的小插曲,让人觉得布什总统有点儿可怜。虽然被当成了笑料,但仅就此事来看,我认为全世界的男人都会支持你哦!

不要年龄限制

仔细想来，再没有比年龄更不靠谱的东西了。

同样是20岁或30岁的人，在体力方面自不必说，脑筋好坏以及能力强弱也是千差万别。因此，仅以年龄论高低是错误的做法。

我产生这个看法是因为听了将棋高手濑川晶司的故事。

濑川现年35岁，至今已成为业余将棋名人和业余将棋王将，在比赛中战胜过职业八段棋手和九段棋手，胜率已超过七成。他确实堪称业余棋手中的奇才，我热切地期待他能成为职业棋手。但是，按照现行规定却无法实现。

这是因为将棋界有相关制度，要求只有加入将棋联盟的奖励会并取得优异成绩的人，才能成为职业棋手。

濑川虽然也加入过这个奖励会，但是由于不符合"必须在

26岁前升至四段才能成为职业棋手"的规定,所以不得不退出该会。

可是,濑川在被迫退会之后实力继续显著提升,并且超过了中等职业棋手的水平。

这就是所谓"名花迟开,大器晚成",可他在现实中却依然不能晋升职业棋手。于是,相关方面向将棋联盟提交了请愿书,希望准许濑川晋升职业棋手。而将棋联盟方面好像也在为准许这位民间逸才晋升职业棋手进行多方活动。

但关键问题是为什么设定26岁这项限制呢?因为根据以往的情况来看,如果年龄到了二十五六岁仍未升至四段的话,就会被判定为没有发展前途。但是,人的能力不应简单地仅凭年龄判定。因为有的人在20岁之前被称为天才,可后来却突然变成平庸之人。而与此相反,像濑川这样的年轻棋手到了30岁才逐渐显示出超人的实力。当然,在超强实力的背后还有才能以外诸如个人努力和精神状态的影响,所以单纯以年龄划线确实有失稳妥。

即使是在职业竞技界里,也有五花八门的年龄限制。

要想进入培养赛马骑手的学校,年龄必须在20岁以下。而进入培养赛艇选手的学校好像也有21岁以下的限制。

不过要想成为职业高尔夫球手,只要能通过每年举行的考试,无论多少岁都可以。

那么,棒球和足球又是怎样的呢?这些项目并没有培养职业选手的学校,只要技术熟练就行,所以大概没有年龄限制吧。

在现实中,既有20多岁就被解聘的选手,也有像巨人队的工藤投手那样42岁还在努力奋斗的球员。像赛马和赛车等或许必须要求选手经过特殊教育,但是综观棒球选手和足球选手,我觉得没必要划出年龄限制。

那么,对企业招工来说就更不需要划定年龄限制了。

在一般的招聘广告中,"30岁以下"的限制尤为引人关注。特别是在招聘女性职工的场合较为多见,这或许是因为年纪轻就记性好、适应快的缘故。但我推测还有另外一个原因,那就是年轻女孩既朝气蓬勃又可爱。

总而言之,各种年龄限制冠冕堂皇地横行无阻,包括男女在内年龄越大越难找工作。

或许在工作中,中老年人在某些方面确实不如年轻人,但其中经验丰富、头脑灵活、勤恳努力的人也不是没有。

所以为了扶持这个群体,企业不该在年龄上一刀切,而应尽量经过面试再做出决定。

根据厚生劳动省的公报,目前不限年龄而只看能力的招聘方式只占所有招聘方式的13%。

厚生劳动省提出建议,希望能将这个比例提高到30%,并向各企业建言献策并提供援助。不过,这项政策能否收到实效尚未可知。

虽说如此,日本人确实也太拘泥于年龄了。在现实当中,即便是简单的个人介绍也要求必须注明年龄。平时与女性对话时,也会满不在乎地询问对方的年龄,这种有失礼貌的做法在欧美简直不可想象。

这种异常注重年龄的执念,充分体现了日本人只顾表面不顾内容的形式主义。

尽管如此,我仍然比较关注在较低年龄层中对少年年龄的划分标准。在目前的规定中,13岁以下的少年好像可以免于刑法的处置。但我认为,对于恶性犯罪者应该不问年龄一律严加处罚。

另外,在器官移植方面也应降低捐献人的年龄限制。目前的限制依旧是15岁以上,但如果不再往下降一些的话,恐怕无法挽救更多需要器官移植的幼儿。关于这个问题,我还将在其他文章中谈及。

最后,我想谈一下职业作家。

在职业作家方面,好像并没有年龄限制,比如必须在多少岁之前获得直木奖或芥川奖才能成为职业作家。无论十几岁还是六十几岁,只要能写出优秀的作品随时都能当作家。而且如果年龄大些再搞写作的话,人生经历会更加丰富,而且持续创作力也比较高。

所以成为职业作家的年龄限制最低。

而且在文坛,既没有唯学历论的歧视也没有人种歧视,所以可以说是一个非常开放的世界。

(注:濑川后来通过了将棋联盟指定的编入考试,欢欢喜喜地加入了职业棋手的行列。)

女性专用车厢不够用

我这回要谈的是即将从5月份开始设置的女性专用车厢的问题。

以下的内容是听某位40多岁的女士说的。

她上班时乘坐的是东京地铁半藏门线。据她说,这条线路的早高峰特别可怕,一旦车厢里塞满乘客就从始到终丝毫动弹不得。

例如,一只手抓住吊环另一只手却无法放下。而且,如果最初面部向右就只能一直向右而不能扭头。

因此,她有一次轻微感冒,在车厢里直接冲着面前男士的脸就打了个喷嚏。当时实在尴尬极了。她想,如果当时是那位大叔朝自己打了个大喷嚏,那感觉一定如同下地狱一般。当然,双方腰部以下也是紧密相贴,虽然那位男士手中的提包看上去格外沉重,可那种情况下即使松手,包也不会落到地上。

幸亏我做的是自由职业,基本上没体验过乘坐超载电车的痛苦。听到这种情况我几乎瞠目结舌,只好说:"真可怕……"

车厢里挤成这样,那么"咸猪手"增加也就在所难免了。或不如说,即使是本来没有那种念头的男人,在这种情况下也会身不由己。或许这是符合自然原理的反应,特别是那些平时不与女性接触的男人,此时无疑更加欲火难耐。

大都市早高峰的车厢里确实异常拥挤,小地方的人们对这种情况也许不太了解,但其实那简直堪称"杀人高峰"。

如此这般,女性专用车厢就应运而生了。

对于那些深受"咸猪手"侵扰的女性来说,划定女性专用车厢无疑是特大喜讯,各家报纸也都予以大规模报道。但是,据说其实这种车厢非常少。

本文开头那位女士乘坐的线路只在列车后端划定了一节车厢,而整个列车共有10节车厢,所以女性专用车厢只占10%而已。

可是,早上通勤高峰时女性乘客的比例已达到40%乃至50%。

这么多女乘客涌入一节专用车厢,其拥挤程度可想而知。

女性专用车厢因此总是处于超载状态。虽然这节车厢没有"咸猪手"了,可拥挤程度却变得更加严重。

这种情况很快引起了女性乘客的不满。

据说,当这位女士好不容易挤进女性专用车厢时,身体还是无法动弹。刚刚发车就听到一位20岁上下的年轻女子皱起眉头向同伴说:"乘坐女性专用车厢应该限制年龄嘛!"

这位40多岁的女士听到此话极为愤慨,可她紧接着又说:"我虽然不太服气,但还是觉得也许此话有理。"

虽然不能进入女性专用车厢的男人们无法理解这种情况,但仍能想象到那节车厢里的气氛。

尽管如此,能皱起眉头说出那种话的女子也真够呛。

毕竟这么说未免也太露骨了。

因为那就等于在说:"我们遇到'咸猪手'是因为既年轻又漂亮,而你们大妈又不会,所以应该上普通车厢嘛!"

上年纪的女士听到这话当然要生气了。

可能有的女士会反问:"那么多大年龄算年轻女人呀?"还有人可能会反驳:"年轻的丑女孩和风韵犹存的中年女性哪个更强?"

在此暂且不说哪个强,问题是铁路公司是否注意到由女性专用车厢引发的新麻烦呢?

其实解决这种麻烦的方法极为简单,任何人都能想到,那就是增加女性专用车厢的数量。只要在通勤高峰时段根据女性乘客的人数增至四节到五节，就不会发生这种麻烦事了。可铁路公司对此置若罔闻，是因为确定当前状态即可充分满足需求吗？

实际上关于此事我已向铁路公司了解过，对方只答复说："由于在当前状态下增加女性专用车厢的数量有危险，所以没有安排。"这种答复让人觉得又像是明白了，又像是不明白。

总而言之，从铁路公司不增加车厢数量的态度来看，或许他们认为有一节车厢足够照顾那些真正有可能遭遇"咸猪手"的女乘客了。而那节车厢之所以挤得太满，是因为连不可能遭遇"咸猪手"的女乘客都上了专用车厢。那么真的是这样吗？

若真如此，这才是性质恶劣的歧视态度。这就等于铁路公司在说："只允许可能遭遇'咸猪手'的年轻美女上这节车厢。"

这样一来，女乘客每次上车前就必须先掂量一下自己有没有这种资格。

乘车者都是顾客。而且，既然号称女性专用车厢，只要是女性就都应该允许乘坐。

本来是为了防止男性骚扰女性而设定的女性专用车厢，现在却变成了女性歧视女性的场所。岂非怪事？

每当想起这种事情都令人感到非常可怕，甚至脊背发冷。

不爱真人爱玩偶

以前曾流行过歌词是"山口家的勉君最近有点儿怪呀"的歌曲。

现在有一种现象让我想说:"日本的小伙子最近有点儿怪呀!"

近来,在年轻男子中间开始流行"萌萌"这个词和"萌系玩偶"。

就像常说的"小草开始发芽","这个"萌萌"的原意是"发芽""抽芽"的意思。

可是,根据动漫系的《同人用语词典》解释,现在这个词却用于表达完全不同的意思。先说"萌萌"的定义,词典解释为"不伴有勃起的狂热的爱情"。对于自己所喜欢的角色或人物可以说"萌萌的"。

根据对词源的权威解释,NHK 教育频道曾播放过题为《天才电视君》的系列节目,很多狂热的粉丝对动漫《恐龙惑星》中的人物"鹭泽萌"怀有"萝莉控"情结,"萌萌"一词由此诞生。

后来,"萌"就从某角色的固有名词变成了表示爱慕情感的动词,又变为形容词。据说,这个词是从大约十年前开始流行的。

总而言之,就是因为对自己所喜欢的人或角色不好意思或没有勇气说出"喜欢你",于是对其高喊"萌萌的"。这样解释或许更通俗易懂。

但是,在现实当中这个词却并非用于形容真人,而是大多用于形容动漫及美少女电游中的角色,甚至包括电游的机件和角色的着装。最具代表性的是"萝莉""女仆""眼镜""妹妹""体操服""学生泳装"等。发展到如此地步,简直不明白这究竟是角色本身的"萌"还是人们单纯的恋物癖了。

现如今,在秋叶原的所谓电器街上,各种萌系动漫角色、DVD、电游和杂志摆满了所有的商店。

过去的电器街已被"萌系产业"席卷,而"萌系产业"也被称为价值万亿日元的产业。

究竟是什么东西能煽动如此多的年轻人趋之若鹜呢?前

几天,我在好奇心的驱使下去秋叶原观察了一番。

我到那里最先感觉到的就是"萌系产业"确实足够有人气。

据我观察,掀起这场热潮的年轻男性们给人的感觉总体来说较为阴郁沉稳。他们大都戴着眼镜、背着黑色背包,在商店里悄悄地四处浏览。

从他们身上,看不到丝毫如那些大妈们拥向大甩卖货台般的热情和气势。

另外,我比较关注的还有这些商店销售的角色玩偶和机件。传言中人气最高的萝莉控、女仆和学生泳装,其实也只是稍显性感而已。虽说在打电游获胜时,电游里的女孩会脱衣服,但那毕竟也只是在屏幕的画面里而已。

说实在话,本人觉得那些玩意儿非常乏味无聊。

当我最终来到一座楼前,看到里面全是成人用品店时,我才放下心来,感觉自己终于像个男人了。可是,听随行的编辑说:"萌萌君们是不会来这里的。"

据说,他们只对人工制作的物品感兴趣,而对现实中的男人、女人以及性爱毫不关心。

当我顺路观察一些女仆咖啡店时,发现里面也只是有几个略显可爱的女孩身穿超短裙和白围裙招呼顾客而已,虽然我个人认为这种女仆咖啡店不过如此,但里面的顾客们却都一边偷看着店员一边规规矩矩地用餐。

如此看来,与其说是女仆口口声声地叫着"主人"服侍男人,倒不如说像是男人们在服侍她们。

我觉得,过去那种美女茶馆比这个要好得多。

我看到这些"萌系产业"之后深切地感到如今男人越来越不像男人了。明确地讲就是,如今的年轻男人开始躲避真人女子,而完全沉迷于动漫角色和玩偶,并且将情感也倾注于其中了。

为什么会发生如此怪事呢?原因之一恐怕就是近年来女性过于强势,那些懦弱的男人根本无法应付吧。

此外,也许是如今的很多男人们没有勇气去找真人女子求爱,自尊心又强,又害怕受伤。

所以他们觉得,比起不得要领地搭讪女人而招来指责非难,还不如找些姿态和笑脸都符合自己爱好的玩偶。它们确实比真人女子可爱得多,而且更容易对付。

而且男人通过自慰即可达到某种程度的性满足,所以也许对着那种玩偶解决性冲动会轻松舒爽得多。

从诸多方面来考虑,这一具有象征性意义的现象可以表明如今的社会已经过于安宁,男人发不发挥男人的作用也已经不是那么重要了。

但是，如果任由这种状态发展下去，那么女性将会继续不断地抱怨"找不到真正的男子汉"，而男人也将会更加惧怕真人而只能继续摆弄玩偶。

或许就在不久的将来，男人会不再与真人女子结婚，而去跟精致的仿真人偶结为夫妻。

总而言之，如此下去真正的男子汉会越来越少，不过随之而来的是追求女性的竞争将会不再那么激烈。

这种充满良机的时代即将到来，但看样子本人出生得有些过早了。

花田家的过失

昨天（6月2日），我从东京的麻布区经六本木朝青山区方向行进，前方道路突然变得异常拥堵。

"都这个时间了，怎么会……"

我环顾周围，发现这里是青山殡仪馆门前。

"对了，今天是为二子山总教头举行葬礼的日子……"

听到司机的话，我明白了道路拥堵的原因。在葬礼会场周围，淅淅沥沥的小雨之中排列着普通粉丝模样的人们，使我回想起二子山总教头的崇高声望。

这位总教头年轻时曾被誉为专业力士相扑界的王子，他虽然身材并不高大但腰腿却强韧有力，常常以轻微的优势赢得比赛。有人说他的相扑比赛特别令裁判头疼，也有人说他的相扑比赛就像耍杂技。

特别是他与比自己重一百公斤的高见山那次比赛,曾令赛场上的观众格外激动。他每次获胜都会引起全场欢呼,他的获胜令同情弱者的日本人大为满足。

而且,他在告别相扑赛场之后,又把儿子贵乃花和若乃花培养成相扑冠军横纲,掀起了名噪一时的"若贵热",为专业力士相扑界做出了重大贡献。

不过,这个看似幸福满满的花田家也渐渐地蒙上了阴影。

最大的不幸就是"若贵"兄弟反目成仇,其矛盾好像因此次葬礼更加突显。

这从媒体曝出的两人在守灵夜和葬礼过程中的态度上也能看得十分清楚。

哥哥若乃花表示"父亲说把一切都交给我",而弟弟贵乃花则反驳"没有的事儿",并且断言"在现阶段不会跟哥哥和好"。另外,哥哥说"今后父亲的骨灰和灵牌都由花田家保管",而弟弟则回应"相扑馆才是老爷子的纪念物,父亲的魂在这里"。

毫无疑问,父亲的死进一步加深了两人之间的矛盾。

虽说如此,但那个曾经荣耀无限的花田家为何分崩离析到如此地步呢?兄弟二人之间又为何产生了如此深刻的裂痕呢?

我认为最大的原因还是在父亲二子山总教头身上。

这样说不免会有鞭挞逝者之嫌,虽然于心不忍,但我还是认为,总教头的最大过失就是允许两个可爱的儿子都进入专业力士相扑这个特殊的世界。

也许"若贵"二人并非从最初就表示过要当相扑力士,想必二人是经常出入相扑馆,在观看训练的过程中自然而然地跃跃欲试了。

我估计总教头和夫人都不会立刻对此表示赞成。但在多次谈及此事之后,总教头可能才做出了决定:"那就试试看吧。"而两个孩子也都回答说:"我要学。"

问题就出在这里。即使孩子们当时有那个念头,总教头也应该当机立断地叫他们放弃。

"不行!除了相扑,还有很多有意义的工作值得去做。我自己当相扑力士已经吃尽了苦头,你俩还是走别的路吧!"如果当初总教头坚决反对的话,如今也就不会发生这样的悲剧了。

一般来讲,做父亲的都不会鼓励儿子走与自己相同的路,否则就等于从小给孩子平添了沉重的负担。随着孩子年龄的增长,父亲自身会愈加变成高墙挡在他们面前。

所幸"若贵"二人超越了父亲这道高墙,但取而代之的是兄弟之间产生了隔阂。

毋庸置疑，相扑界是一个特殊的世界。

据贵乃花所讲，在最初入门相扑界时父亲曾对他说"从今往后要断绝父子之缘"，而他本人也已坦然接受。

日本人重视这种传统的人情，但冷静思考就会发现，这是最不合理的做法。

虽说在相扑训练当中应该只讲师徒关系，必须严格要求，但父子毕竟是父子。

据说总教头曾告诫贵乃花"直到我死你都不许掉眼泪"，而此时贵乃花则说"总教头死了，父子之缘才能终得恢复"。人们或许能由此也了解了相扑界的严酷，并深受震撼。但如果理智地思考就能发现，这种做法很不正常。

无论是什么样的父亲，都没有权力对孩子说"直到我死你都不许掉眼泪"。而在父亲死后儿子才能说"父子之缘终得恢复"也确实可悲至极。

若乃花与贵乃花二人是亲兄弟，本就会时时刻刻意识到对方的存在。让他们走上同一条道路互相竞争，再没有比这更残酷的事情了。

而且，如果进入实业圈或演艺界则另当别论。但是，专业力士相扑比拼的是格斗技能，要在赛场上相互激烈缠斗并将对手摔在地上。在如此残暴的世界里让两个儿子同场竞技，其关系日趋紧张实属必然。

特别是如果哥哥实力超强倒也无话可说，可偏偏弟弟比哥哥更强。哥哥因此心怀自卑，曾不无自嘲地说："弟弟是常胜横纲，可我是常败横纲。"而弟弟也曾口出批评之词："哥哥把相扑之道看得过于简单。"

在这种状态中，兄弟二人不可能关系和睦。而勉强叫他们"友好相处"也过于苛刻。遗憾的是，招致这种不幸的正是总教头自己。

正因如此，离了婚的宪子夫人洒泪诉说"希望他们还可以像以前做好兄弟"就更具真情实感了。

毋庸置疑，花田家确实是荣耀无限的一家，但同时也是漠视父子与兄弟亲情的一家。

原本都是性格温厚之人，却因过分看重形式而勉强行事，如此下去会演变成怎样，我想花田家的悲剧恰好对此给出了答案。

因和平而过度幸福的日本

6月9日——看到这个日期或许已经有人意识到了。不，如果是前一天——6月8日，肯定有更多的人会记得。

对了，就是日本获得参加明年德国世界杯足球赛资格的日子。这毫无疑问是值得纪念的日子。

而我所关注的却是第二天报纸上争相报道的情形。

这一天（6月9日）的所有报纸清一色是足球相关的话题。

某报纸在头版头条的位置登出《日本——连续三届世界杯》的大标题，下面还有两张华丽的彩色照片，近三分之二的版面都被这则报道覆盖。

再看体育版，对开两面也全是同样的报道，甚至连社会版也几乎都被足球新闻占满。

所谓的综合性报纸全都是这个样子，更别说专业的体育报纸了。因此,如果说到这一天各大报纸头版除了足球之外还刊有什么报道,那就是某报纸刊有《宪法修正国民投票法案暂缓提交本届国会》《道路公团①参与桥梁工程招投标舞弊被调查》《安理会扩常否决权冻结15年》等内容。

所幸没有发生什么重大事件。但尽管如此,这场足球狂潮比稍早前的"尼崎脱轨事故"和"中越地震"等报道都规模盛大。

确实如此,现如今足球的人气已经超过棒球,日本队战胜朝鲜队获得世界杯出线权堪称重大新闻。虽然我十分明白这一点,但真值得如此大书特书吗?

在这些媒体之中,稍显沉着冷静的只有《日本经济新闻》,而其他的媒体都把足球吹得天花乱坠。我觉得还有很多应该冷静报道的事情,但好像连报社主编的写字台都被足球迷占领了似的,全部都是与足球相关的报道。

狂热程度比报纸有过之而无不及的是电视,也是从早上开始就没完没了地报道足球。

各个电视频道都在播放从破门瞬间到最后阶段与朝鲜队发生纠纷的状况,甚至还有远赴曼谷的日本球迷热烈声援的情景,以及日本各地球迷通过电视观战的狂热场面。

---

① 公团:日本为推动国家性质的事业的发展而由政府全额出资设立的特殊法人。如住宅和城市建设公团,日本道路公团等。

从各种主播到现场采访记者及评论员，全都煞有介事地发表言论竞相展示对足球的热情。

此时或许会有人说我："怎么？你这不是也看了很多吗？"是的，话虽没错，但我是早上起来后看到报纸铺天盖地的报道深感意外，然后才浏览了各个电视频道。

我多次浏览所有频道，发现内容都是与足球相关的。

这些电视节目的平均收视率大概是43%左右，由此可见球迷数量之多。不过，另外50%以上的观众却对足球没什么兴趣。所以，不应该把这部分观众忘在脑后。

唯一与众不同的电视台是《日本经济新闻》报社旗下的东京电视台。即使在上午8点钟，播放的节目也是《更年期才要年轻》，似乎对足球热无动于衷。那种不知该说是漫不经心还是独具风格的姿态确实可谓异常夺目。

据说，这次有超过百人的啦啦队和五百人以上的报道阵营进驻曼谷，他们聚集在足球场周围摇鼓呐喊为日本队加油。

而且，据说当地凡是能够俯望赛场的高级酒店里都已住满日本人，酒店十五层以上的客房全被日本人包了。

报纸和电视台也都对此大加赞赏，说："虽然不能入场观战，但球迷们仍然想尽办法释放激情。"据说，正是球迷们的热情感染了选手，所以日本队才赢得了比赛。说实在话，我听到这样的说法觉得太不靠谱。

球迷们的热情或许确实高涨,但做出那种荒唐行为都是因为既有钱又有闲。

虽然我不知道包下客房的都是什么样的人,但4万日元一夜的客房恐怕不是普通大学生和无固定职业者能住得起的吧。所以那些人很有可能是有很多钱的社会人士或富豪的儿女。

他们就这样狂热地呼喊"赢了、赢了",而朝鲜队一方却没有这样的支持者来声援。

如此这般,烧钱狂欢的只有日本人。

那么朝鲜队的球员们看了会是什么心情呢?还有泰国和其他东南亚国家的人们又会怎样看待聒噪喧嚣的球迷们和蜂拥而至的采访报道阵容呢?

在眼前这个阶段,观众的消费确实会给当地带来一定的收益,但当地人恐怕不会单纯地为此感到高兴。

虽然远赴曼谷的支持者们的热情无可厚非,但这种行为会对周围产生何种影响呢?人们似乎并没有深入地进行思考。

尽管偶尔会发生较大规模的地震或其他事故,但日本毕竟是和平的国度。可报纸和电视却全都把世界杯足球出线当成了最大的事件,并以此几乎淹没了一切,是不是太过分了?大家是不是以为这样做,日本就能成为足球王国了?

  总而言之,也许因为日本过于和平幸福,所以年轻人才都呆头呆脑,对政治漠不关心吧。

追二兔者

虽然我不愿意说"现在的男青年啊"这类话,但还是忍不住想说。总之,现在的男青年就是太缺少霸气,或者说太没有活力了。

在工作方面他们干劲不足,在恋爱方面更是如此。

现在的男青年在追求女性方面太缺少霸气了。

"霸气"这个词的准确含义是指拥有充当霸主的气概或雄心,而进一步讲就是积极主动、迎难而上的干劲。要想追求某个女性并与其加深关系,这种霸气是不可缺少的条件。

但是,现在的男青年中所谓的"宅男"越来越多,他们一接触现实中的女性立刻畏首畏尾,甚至连话都说不出来。

据说,他们就像我以前写过的"萌萌族"那样,只会把萌系玩偶或与此类似的玩偶买回家聊以自慰。

如此下去,他们很难成长为真正像样的男子汉。而且,在工作和人际交往中也不会拥有自信心。

这种活法无异于浪费宝贵的青春。

近来,好像三十多岁和四十多岁的男性也都十分规矩正统。

前几天,我去参加名为《爆笑问题之评荐》的电视栏目的录影。主持人是太田和田中二位。我是他们的粉丝,见过面后发现他们言行都很规矩,思想观念也很正统。我感到非常惊讶,同时也觉得非常敬佩。

因为他们人气超旺,所以我猜测他们平时会经常花天酒地,但据他们说他们在那方面十分廉洁自律。或许有人认为他们自己说的话不可信,但我看他们的眼睛就觉得他们没说假话。

不仅是他们二位,近来心地善良的男人或丈夫似乎有所增加。不过,也许这是因为女性越来越强势,妻子的权力越来越大了。

其实,如果赞赏这些人"规矩正统"倒也确实没错,但我总觉得哪里有不足之处。

实际上,好像有些女性也会对男人这种"无霸气症候群"表现出焦躁情绪。

前些天,有七八位三四十岁的女性在聚会上专门讨论过这个问题。

她们希望男人们更加勇往直前地穷追不舍,可如今的男人简直没有丝毫阳刚之气。

据她们说,男青年一般没什么出息,而貌似精力充沛的中年男人却只会追逐年轻女孩。参加聚会的都是职业女性,且拥有固定收入。她们说话爽快,又都有几分姿色。但是,当男人们看到这种性格强势却婚姻失败的女人,会不会吓得发抖?

尽管如此,男人毕竟是天生追求女人的动物。正因为必须这样做,所以才是男人。如果不追求女人,男人就不能称作男人。

但是,在追求女人时,最大的障碍就是自尊心。现如今的男青年对女性非常消极,或许就是因为害怕遭到拒绝。

事实上,上述那些女性也说过,许多男人遭到一次拒绝似乎就再也不会邀请自己吃饭了。

虽说不能像跟踪狂那样对女人纠缠不休,但作为一个男人,即使被拒绝过两三次,也不能轻言放弃。否则就不会如愿以偿。

如此说来,我想起在交谊舞盛行的那个年代,当我看准某位女子后马上冲过去说:"想请你跳舞。"可对方却说:"我现在有点累了。"

这是女性表示拒绝的固定台词。

"怎么这么傲气?"我为了解气就邀请旁边的女子跳舞。而对方也说:"我累了。"

如此遭到拒绝我反倒不愿临阵退缩了,于是地毯式轰炸似的挨个邀请,结果全都遭到拒绝,而且还被第五个女子猛地扇了个耳光。

"你怎么挨个叫?连挑都不挑?"那女子好像真生气了。但我这下却感到特别爽,彻底清醒过来了。

现在回到先前提到的女性聚会,她们解释说:"男人追女人失败都是由于'追两只兔子'导致的"。

她们想说的好像是因为男人贪多,所以最后一只兔子都抓不住。

她们说的话确实不无道理。不过,那是因为她们站在被追的立场上。

虽说"不可同时追两只兔子"是做一切事情都应汲取的教训,但我认为只有在与女性相关的事情上例外。

尽管同是"追二兔者一兔不得",但解读的角度却完全不同。

那该怎么办呢?这种事情本来不该对女性明说。

但我认为在追求女性时,不能只追"两只兔子",应该同时追"三只兔子""四只兔子",有时甚至要同时追"五只兔子",否则有可能"一只兔子"也抓不住。

可能有人会说:"这不是全靠碰运气吗?"完全正确!

因为只有相当优秀的男人才能"追二兔而得一兔",但普通男人"只追二兔"却可能"一兔不得"。

作为一个男人,要多多追求女性,尽情享受快乐,否则人生的黄昏很快就会到来。

广州的多元化魅力

今年6月中旬,我去了一趟中国广州。我此前已多次去过北京和上海,而广州却是第一次去。

说实在话,此前我真有点儿不想去。当时,日本已进入梅雨季节,令人心情郁闷。而且,我的书稿几乎毫无进展,所以情绪有些焦躁。如果在这种时候去中国南方的亚热带城市,我想恐怕会相当辛苦。

虽说如此,我仍然不能不去,因为已经预定在当地参加演讲。

不过,此行的最后结果却相当不错。

毕竟我不能因为书稿没有进展,就随意取消演讲计划。

于是,我从成田机场坐上飞机,四个半小时后到达广州。广州的机场相当现代化,建筑都非常气派。

据说,这是去年夏季建设完成的新机场。这座华丽壮观的建筑,体现出当代广州的勃勃生气。

由于日语里"广州"的发音与"杭州"相同,所以很多人听到"广州"这个词都会以为是上海附近的杭州,因此总要提示那是"杭州",是湖景秀丽的观光城市。而与杭州相比,广州则是中国的工业城市。这样一说,人们也许很自然地都想去杭州而不是广州。不过,广州自有其值得一游的地方。

我到达这座城市后最先感到的就是"热气"。

这倒不是单纯指气温较高,而是整个城市充满了热气腾腾的跃动感。

从机场驱车不到40分钟即可到达市内。

广州市的人口为800万,而广东省居住着8000万人口。广东省的面积相当于日本的差不多一半,但其2003年的经济增长率为13.6%。仅看这项数据,即可了解这里的发展多么惊人。

每周,从日本飞行至此有包括日航等四家航空公司在内的共49次航班(往返98次航班)。

尽管如此,居然还有很多日本人不了解这里的实际情况。所以,如果有人说我们对中国认识不足也确实无法否认。

广州又被称为"花城",顾名思义,这里全年鲜花不断。

我此次前往时也是红、黄、紫等各色鲜花竞相绽放，其中还有在树上盛开的紫色花朵。在札幌长大的我觉得那好像跟丁香花十分相似。实际上，这种花的颜色比丁香花稍微深一些，据说名叫紫荆花。

这座城市先前是各种家具、皮革制品和茶叶的著名产地，近年来又有TCL等大型家电生产厂商进驻。

特别是深圳和广州，丰田、日产、本田等日本的汽车企业也在这里建厂。除此之外，这里的石油产业和钢铁产业也很兴盛。

从这里也可以看出，在这片中国新兴的工业地带，光是向领事馆申报的日本企业就有450家。如果加上其他企业，据推算已经超过1500家。

在广州居住的日本人仅申报过的就有约8000人，加上其他的长期居住者据说可以达到近20000人。

这与其说是日本的产业在中国达到了鼎盛状态，不如说这种鼎盛完全是建立在中国的劳动力之上。

这样说并不是言过其实。

据说当地员工的平均月薪大致如下：会说日语的人月薪30000日元，不会说日语的人月薪是25000日元。

实际上，这只相当于日本人工资的十分之一。

据说,一些低水平收入的员工月薪为600元人民币。

现在的1元人民币相当于13日元左右,所以600元人民币换算成日元就是8000日元左右。而他们的午餐标准为5元人民币,相当于60日元到70日元。

如此成本低廉的劳动力取之不尽用之不竭,难怪日本的企业蜂拥而至。而且,据说这些员工们个个都很优秀,心灵手巧又很勤勉。

可能会有很多日本人不以为然,觉得那是在中国的情况。但是,如果考虑到那种廉价劳动力对日本劳动市场的影响,恐怕就不能总是悠然自得了。

在外面的所见所闻与在当地的亲身经历相比会有很大的不同。

如此看来,中国确实是个既庞大复杂又拥有多元化面貌的不可思议的国度。

食在广州

我一听到"广州"这个词,首先想到的就是"食在广州"这句俗语。

当地饭店的优点首先就是价钱便宜。

此外,这里所有的菜品味道都比较清淡,而且各有风味。

广州菜还有一个优点是,店家把少量调料分别放在小碟子里,食客可以自己随意调味。而在上海和北京的豪华中餐馆里,有的菜品在制作时就调味过重,令人难以入口。但是,广州菜都做得比较清淡,十分适合日本人食用。而且,最后上桌的炒饭类主食的味道也令人十分满意。

不管怎么说,现如今能够品尝到清淡的菜品,且味道调制得也相当可口,确实堪称"食在广州"。

虽然在中国到处都有砍价这种行为,但我觉得好像在广州这里砍价要更直截了当一些。

例如,我在小店密集的"老鼠街"购物时,尽管不会有人按店家的要价买东西,但如果想用"便宜点儿吧""再降降嘛"这种话来砍价根本不可能。

在这里砍价不能用那种模糊不清的说法,而是要用明确的数字讨价还价。例如50元钱的东西就直接说"40元卖给我"或"再降5元",否则毫无意义或者说店家根本不会不理睬。

而且还要理直气壮地砍价,不能犹犹豫豫显得毫无自信。

日本人总体来说性格腼腆、爱面子、说话模棱两可、不太泼辣,而且购物时也几乎不砍价。

当然,同样是日本人,可大阪人就和其他地方的日本人不太一样。他们大多说话直来直去,而且开口就砍价。

我的事务所里有位M,可能就因为是大阪出身,所以办什么事情都直截了当,在购物时当然也常常砍价。我有一次在银座的商厦里想买件七万日元的衬衫,他帮我砍到了五万日元。

我惊讶得目瞪口呆,但不可否认他确实干得漂亮。如此看来,无论何事都应该先鼓起勇气尝试一下。

中国人将这种大阪人性情进一步予以强化,这样一比似乎连大阪人都拼不过中国人了。不过,这种讨价还价的激战场面确实痛快淋漓。

在中国几乎没有所谓的专职主妇,即便有也只是少数相当富裕的家庭。大多数家庭都是双职工。

或许就是由于这个缘故,中国的女性都麻利干练、积极向上。

在晚餐会上,我向一位在日企工作的女子提问:"你愿意跟日本男人结婚吗?"

那位女子立刻回答:"嗯,要是有钱的男人还可以。"

回答单纯爽快,相当简明扼要。

"如果那个男人的人品不好呢?"

"分手。"

随后我又问:"你的日方的上级领导怎么样?"对方回答说:"常常说些不明不白的话,让人很为难。"

我问:"是哪里不明不白呢?"对方回答说:"就是什么'这个再来点儿''稍稍多买点儿'之类的话。像这种含糊的指令实在太多。"

她的意思是,在这种场合最好能说得更具体一些,例如"50克""5张"之类的。

日本人的这种含糊的表达方式在去欧美时也能明确感到,但难免让别人觉得这是一种自以为是的撒娇任性的心理。

当然,这种心理衍生出日本独特的文化,并已被日本民众融会贯通。不过,这种行为也只能在狭窄的日本国土上通用。

不管怎么说,乘坐飞机只需四个多小时就能到达广州。在这里,你可以走进风景秀丽的公园,可以在民众聚集的市场与摊贩砍价,还可以尽情品尝清淡而美味的粤菜。

如果稍稍延长行程,你连香港和澳门都能游遍。

我写这篇文章并非受到广州旅游局的委托。因为我觉得去广州感受一下正在飞速发展的城市的气息,再对比日本进行一番思考也不是什么坏事吧。

冷淡的妻子也有好处

K先生去世了,享年78岁。

他以前在某报社工作,退休后还曾对乡土史进行调研并发表相关论文。

从外表看K先生似乎性情温厚,但其实是一位相当刚强的硬汉,据说还颇得街坊邻居的信赖。

其实,K先生曾在一年前发生过脑梗死,据说是其后继发的心肌梗死夺走了他的生命。

K先生原先身体硬朗,谁都没曾想到他会这么早辞世。不过,这几年每次见面我都会切实感到他的身体在渐渐衰弱。

发生这种变化的最主要的原因就是他的夫人在4年前去世了。

失去最爱的妻子使K先生心情极度消沉。我看到他从那时起越来越憔悴,于是就问道:"您吃饭还好吧?"

他情绪低落地嘟囔道:"我一个人什么也不想吃啊!"

男人独自吃饭确实索然寡味,甚至有时会连食欲都完全没有了。

"那您是不是该找个伴儿……"

我也曾建议他再婚,可他冷淡地回答说:"我没那个心思。"

幸好K先生的女儿女婿就住在附近,据说也常常过来照顾他,所以他表示维持现状即可。

这位K先生的心情倒也不难理解,他一定是觉得自己年事已高,再与陌生女性一起生活恐怕麻烦事太多。

但是,K先生就那样一直独自生活,他女儿也不堪重负,而他自己则更加消瘦,体力明显越来越弱。

虽然前去看望K先生的人都很担心,不过,K先生可能对晚年生活有他自己的考虑吧。我心里这样认为,所以只是偶尔通过电话跟他聊一聊。K先生就在那种状态中生活,直到某一天我突然接到了讣告。

K先生去世后,我曾在守灵夜等场合再次向他女儿了解过,据说他完全没有再婚的打算。

不仅如此,据说K先生每天早上都会在佛龛灵牌前合掌久坐。在他的心中，依然充满了对亡妻的怀念。

看样子，K先生确实从未考虑过再婚。

实际上，K先生的夫人确实特别能干，是一位对丈夫体贴入微、照顾得十分周到的贤惠妻子。

正因为K先生有一位对自己如此关怀备至、尽心尽力的妻子，所以他不考虑与其他女性再婚也是理所当然的事情。

从这个意义上讲，因为K先生对亡妻依旧挚爱不渝，所以可以说他的夫人也无比幸福。

不过，如果换一个思路来看，假设K先生能够因为某种机缘走出思念亡妻的心境并再婚，或许会开拓崭新的生活道路并更加健康地生活下去。

对亡故亲人深切怀恋无可非议，但究竟是从那种心境中向前迈进一步还是停留在那个时空之中，由于立场和观念不同，情况也因人而异。

但是，一般来说，在夫妻中某一方先去世之后，身体状况急剧衰弱的好像都是男性。

有一项某保险公司的统计数据显示，70岁以上的男子丧妻之后生存的平均时间为6年，而丧夫的妻子的平均生存时间则为15年。

其客观原因是女性的平均寿命比男性要长，此外还应考虑到男性的结婚年龄比女性大三四岁带来的影响。

但不管怎么说,在丧偶之后女性还是远比男性活得长,这一点确凿不移。

而且我们在街头巷尾都可以看到,丧夫之后的女性活得更加精神焕发,仿佛在说:"从今往后就是我的青春年华。"而丧妻之后的男性却显得落魄而无助。

K先生正是其中之一,老年男性就是一种从丧妻之日起急剧衰弱的悲哀的动物。

不过,尽管非常罕见,也还是有丧妻之后健康长寿的男性。

我所认识的N先生就是其中之一。他现年81岁,虽然夫人在3年前亡故,但他没有丝毫身体衰弱的迹象,而且由于热衷于摄影和跳舞,他看上去越来越精神了。当然,心态转换迅速、生活方式积极向上是不幸中的万幸。

除此之外还可以考虑到的一个因素就是夫人健在时的生活状态。我说这种话似乎有些失礼,但也许由于N先生的夫人生前也有自己的工作,所以恐怕未必能对N先生照顾得十分周到。

简而言之,那位夫人并不像K先生的夫人那样关怀备至,而是对丈夫稍显冷淡。由于这个缘故,N先生不管是否愿意都得自己处理身边琐事,结果养成了独立生活的习惯。

看到这种夫妻关系,令人感到性情冷淡的妻子在某些方面也是具有积极意义的。

或许看到这篇文章之后,对丈夫说"对你冷淡都是为你好"的妻子会有所增加,不过作为丈夫平时确实也应该注重锻炼独立生活的能力。

颜值与装扮

无论做任何事情都会有意外所得,用一般的说法"有失必有得"或许更容易理解。我现在想讲的也是这类事情。

比如我在做某件事时已经得到享受,而这件事又成为我写作文章的契机,这正所谓"一举两得"。

这一个月来持续不断的热门话题就是"若贵风波"。

贵乃花在大庭广众之前喋喋不休地自爆家丑实在够愚蠢,而媒体竞相炒作此事也太不明智。

不过,在这场闹剧中唯一能够使人得到安慰的就是"若贵"二位夫人的美丽了。

其中,贵乃花夫人景子女士身着丧服的姿容尤其出众。

景子女士本来就长得十分漂亮,此时身着丧服拿着黑色手包,微微低头跟在贵乃花身后前行。

花田胜的夫人美惠子女士原本有些呆萌的感觉，但穿上丧服后却变得婀娜多姿。

二位夫人各穿日式与西式丧服，但显然还是和服略胜一筹，令人赞叹果然是日本女子才能体现出这种美。

相比报道内容，很多男性观众或许会专门为观赏二位夫人身穿丧服的姿容而频频换台吧。我当然也是其中之一，尤其当景子女士出现在画面中时会看得更加入神。

坊间好像有各种议论，说此人在背后操纵贵乃花，还说她性格刚强。不过，女人本来都性格刚强。当如此性格刚强的女人身裹墨黑的丧服楚楚移步前行时，男人们就更会为其鲜明的变身而兴奋陶醉。

我从二位夫人身穿丧服的姿容再次发现了简约服饰的魅力。

说到最能衬托女性之美的服饰，我认为第一是丧服，第二是制服，尤其是护士和空姐的制服。

女性身着这种简约而毫无多余装饰的衣物，往往会受到众多男性的倾慕。正因如此，那些所谓"Cosplay"（装扮动漫角色）的玩意儿才会流行。

但是，此类服饰未必符合女性自身的喜好。

其证据就是女性特别喜欢打扮得花里胡哨。

我住在涩谷区，经常可以观察来往于涩谷的女子。她们有的把长发从前面撩到头顶,有的披头散发,还有的在奇形怪状的发间夹插簪饰或系束丝带,然后在黝黑的面孔上浓妆艳抹,几乎就是妖怪的形象。说到服装,那更是可谓袒胸露怀,有时甚至连肚脐都暴露无遗,而且有的裤腰都快掉到屁股上了,即便是穿着正统服装的女性,也会把衬衫下摆完全放在外边,这些着装简直就像放浪形骸的着装大比拼。她们的胸前以及胳膊也都戴着饰品,指甲留得很长像是随时准备抓挠什么,指甲上不仅涂抹着妖艳的指甲油,还贴着荧光闪闪的指甲钻,甚至连脚指甲都不甘示弱地熠熠生辉。

当然,稍稍年长些的女性们也不会甘拜下风,她们也都将自己装饰得珠光宝气。

而且,甚至连我自己都受到了感化,有时也会穿上雪白的西裤和鲜红的衬衫等。

虽说我亦如此,不过毕竟还是女性更加热衷于装扮自己,所以总是在不断地寻求自己所喜爱的饰物。

日本文化的真髓——"侘"与"寂",正是因为封建时代压抑了女性的爱好才得以产生。

我想读者已经明白,女性喜爱艳丽的秉性和丧服这种极简的服饰正处于阳与阴的两极。

而众多男性所喜好的是阴极,具体点说就是喜欢静态印象较强的丧服和制服。

然而，众多女性却喜欢穿华美艳丽的服饰。

由此可见，女人喜欢穿戴的并非男人所喜好的服饰。

实际上，涩谷区一带的女性也还是优先考虑个人爱好，并不在乎自己在男人眼中是什么形象。

其典型事例就是今年夏天据说最流行的和服是花色繁杂的和服，一看上去就叫人眼花缭乱。其中还有一些品牌找来不知和服精髓何在的外国人进行设计，搞了一些以华丽鲜艳为卖点的和服，这与夏季和服本该具有的清爽简洁的风格相去甚远。

虽然男性对这种衣服不感兴趣，但毕竟买主都是女性。

如此这般，我预料今年依旧流行花里胡哨的夏季和服。

而这种夏季和服并不适合颜值较高的美女穿着。

毋庸赘言，美女越是穿得简洁清爽就越是能将他人的注意力集中于其容貌上，其天生丽质会进一步得到凸显。

与之相反，容貌稍稍逊色的女子适合穿颜色艳丽的衣服，这样的话周围人的目光就会从其面孔转向漂亮的衣服，能够相当有效地弥补容貌的缺憾。

今夏会有怎样的女子穿上怎样的夏季和服呢？我现在就开始期待了。

恋爱是一场革命

新潮社杂志《波》(2005年8月号)的封面登出了我的彩照。

其上写有《恋爱是一场革命》的标题。

或许有人觉得这句话有些奇怪,但这确实是我个人的真实感受。

恋爱是一场革命——凡是恋爱过的人肯定都会感同身受。

当然,轻率地走过场的恋爱算不上什么革命,必须是有一定分量、有一定内容的恋爱才如同一场革命。

一般情况下,"革命"这个词不会用于恋爱。

法国革命、俄国革命等自不必说,若说到日本的革命,则有像明治维新和第二次世界大战失败等这种从根本上颠覆日本政治的巨大变革。

其实,有时个人革命的重要性也不亚于整个社会的革命。

因为个人革命会使一个人从思维方式到具体行动乃至生活模式,都发生根本性的变化。

对于个人来讲,恋爱所带来的影响远远大于社会革命。

一般来说,一个人随着长大成人,变化会越来越少。

从幼年期到小学生到初中生,再从高中生到社会人,每个年龄段都会发生革命。虽然这种革命有时也会用反抗期或青春期等词语来表示,但说到底还是连续不断的革命。

不过,从25岁到30岁的阶段,这种革命性的变化会逐步减少。

从40岁到50岁的阶段,几乎所有的男性非但不会再变化,反倒固化于以前的心态,即所谓保守的心态。

我们习惯将此称作"头脑的僵化"。

与此相比,女性则总是显得与时俱进并且头脑灵活。正因如此,我们常常听到"顽固的老头"这个词,却几乎听不到"顽固的大妈"的说法。

其原因十分简单,就是女性的身体总在持续不断地变化。

女性最早在十几岁时经历月经,然后就是经历怀孕、分娩、闭经等,身体的变化令人应接不暇。而且,不管本人是否愿意，身体内部都会逐年变化。

当然，荷尔蒙水平和性格也会发生变化。如果拿天气来比喻，既会有超强台风袭来，也会有令人难以置信的风和日丽。

总而言之，由于身体内部总在不断地发生变化，所以无论女性们是否喜欢，她们的精神状态也必然随之变化。

但是，男性在成年之后却几乎不再发生变化。并且就像偏西风以每秒5米的速度恒常吹拂，既不会有强烈的暴风雨袭击也不会有万里晴空。

正因为每天都风轻云淡，所以在工作方面具有相当的稳定性。由于不需要加倍地努力奋斗，所以他们往往会缓慢而不可逆转地趋于保守。

对于男性这种平庸怠惰该怎样加以刺激使其振奋呢？此时最能发挥有效作用的就是恋爱。

喜欢一个女性就意味着必须从思维方式到行动都适应对方。

像这种强人所难的事情，除了在恋爱状态之外根本不可能做到。

我在这里谈一点个人体验，那就是处在恋爱状态中的男人首先应该学会倾听对方讲述并体察对方的心情。这正是恋爱的效应，也是男性心中发生革命的证据。

此外，恋爱所引起的革命还会影响到日常行动。

例如，丈夫与相伴多年的妻子一同旅游时，到了酒店一进客房就脱下衬衣和外套扔在床上，这时妻子马上就会收起挂在壁柜里的衣架上。

但是，男人如果跟年轻女孩一同旅游，脱下的外套就会一直被皱皱巴巴地丢在床上。

"哎！你帮我把那个挂上嘛……"他刚刚开口就不由得闭上了嘴。

男人随即醒悟到，那女孩根本没有养成为别人收拾衣物的习惯，而且从未跟这种需要让自己挂衣服的男人交往过。

那该怎么办呢？既然已经带年轻女孩来到了酒店，也就不能勃然大怒拂袖而归了，只好把自己脱下的衣服再拿起挂在衣架上。

这一连串的惊觉和行动就是不折不扣的自我革命。

因为当事者遭遇了从未预料到的事情，所以由此诞生了一个采取与以前完全不同行动的自我。这不叫革命又能叫什么呢？

如果只是在公司里仰坐在老板椅上对女下属颐指气使的话，根本不可能发生这种崭新的变革。

虽然懒得自己去挂衣服，但只要心里愿意倒也就无话可说了,这就是"恋爱使人累"的依据吧。

由此可见,当事人整个身心发生了革命这一点确实毋庸置疑,而且随着恋爱的推进还可能继续变化。与此相同,女性也会由于爱上某个男人而不断地发生变化。

所以如果希望摆脱以前的自己而实现蜕变,与其不得要领地读些不知所云的书本,还不如谈一场刻骨铭心的恋爱。

冬鳗鱼与夏河豚

今年的 7 月 28 日是夏季"土用之丑日①"。

据说,鳗鱼料理店从一大早就忙得不亦乐乎,就连电视里都在播放店主扇着团扇烤鳗鱼的画面。

据说,有的店因为持续烤鳗鱼的时间过长,浓烟外泄甚至触发了烟雾报警。

为什么人们那么想吃烤鳗鱼呢?

本来早就有人提出过异议,认为"在土用之丑日吃鳗鱼可以预防苦夏"的传言值得怀疑。

据说,那位平贺源内在听到鳗鱼店主抱怨销路不畅之后,就建议对方贴出"今天是土用之丑日"的广告促销,以使生意

---

①土用之丑日:(立春、立夏、立秋、立冬)前 18 天中的丑日。在日本,夏天一般吃名带"う"的东西(如鳗鱼)、施灸以消暑。

变得兴隆。

那位平贺源内虽然是江户时代中期的博物学家、创业者、作家、发明家，但无论哪一项都存在疑点。

既然如此，说出"吃鳗鱼可防苦夏"这种不靠谱的话也是极有可能的事情。

"在'丑日'吃含有'丑'字发音第一个假名'う'的食物都对身体有益"这个传言好像就由此时产生。

例如可以吃"うどん（乌冬面）""うり（瓜）""うめぼし（梅干）"等。

在暑伏期间吃这些食物确实能使身体清爽，似乎真能起到解暑的作用。

而鳗鱼却与这些食物相反，似乎并不能解暑。

也许，源内先生是反其道而行之。

他认为人们暑伏期间摄入清淡的食物过多，所以他提倡反而需要吃些油腻的东西。

其实可供食用的鱼类还有很多，为什么偏偏要吃鳗鱼呢？或许是因为鳗鱼最便于入手吧。

总而言之，大家都被源内先生的策略巧妙地迷惑住了，所以即使暑天炎热也要在这一天挤进鳗鱼料理店。

而鳗鱼店的店主们当然也都会对源内先生感恩戴德。

但是，我从来没在土用之丑日吃过鳗鱼。

虽说如此，我其实非常喜欢吃鳗鱼，从很早之前就常去日本桥小网町的鳗鱼料理店。

那里的干烤鳗鱼配醋拌黄瓜美味无比，而且烤鳗鱼串也做得外焦里嫩，特别好吃。

不过，我之所以在夏季不去是因为这个时节店里太拥挤，而且我不想被源内先生忽悠。

那我在什么季节去呢？主要是秋季和冬季。

或许有人会说我故意找别扭，但我觉得这个时节的鳗鱼确实味道不错。不仅如此，冬季的鳗鱼脂肪较多，正是享用的好时节。

再加上这个季节店里顾客较少，我可以从容自在地品尝美味，确实堪称绝佳的时机。

冬季在顾客寥寥无几的料理店吃鳗鱼，确实不难理解那些在夏季销路不畅时去找源内先生求助的鳗鱼店店主的心情。

不过，可能因为源内先生的策略过于高明，现如今"土用之丑日必须吃鳗鱼""吃鳗鱼能防暑"的宣传语早已根深蒂固，在夏季里来吃鳗鱼的食客有增无减，鳗鱼店店主都十分高兴。

但是，源内先生也会顾此失彼，因为到了冬季鳗鱼店里的顾客却骤然减少。

不过,这就是我要瞄准的时机,在别人都不去时我就专门前往。而且,只要去了就能享受到超乎想象的美味。

此外,我还常在夏季吃河豚。

河豚当然是冬季更美味。

但是,在冬季所有的河豚料理店都人满为患,而且价格居高不下。

其实,河豚就是从大众化食物翻身变为高档料理并自命不凡的代表。

既然谁都不愿意在夏季去河豚料理店,那我就去品尝一下,竟发现其滋味鲜美无比。

一般来说,因为河豚的生鱼片清淡透明,与比目鱼没有太大差异,所以也适合在夏季食用。

当然,砂锅炖河豚块和烤鱼鳍泡酒在夏季显得稍偏温热。

不过,除此之外,像干炸河豚和铁板烧河豚片都相当可口。

另外,干烤河豚也很好吃,而且预防苦夏的效果比鳗鱼还强。

有的河豚料理店贴出"本店夏季不营业"的告示来强调自己的特别之处,我倒觉得大可不必如此。而且,那种店可能会把夏季停业的损失加在冬季销售的价格中,所以令我望而生畏。

总而言之,夏季的河豚料理店也很不错。或者不如说河豚料理店在夏季相当清静,比冬季物美价廉且舒适安逸。

不过,河豚料理店也可能会在不久的将来打出"干炸河豚和铁板烧河豚防暑最佳"的宣传口号,进而开始在夏季推出河豚料理。

如此一来,究竟什么季节吃什么好、什么季节吃什么不好就又搞不清楚了。

其实,在这种时候只有一点可以明确,那就是做任何事情都要与别人相反。

只要这样做,就既能从容不迫地享受美味又不会吃大亏。

总而言之,今天天气也相当热,所以我决定现在就去找一家河豚料理店来享受一番。

德国人看"奥斯维辛"

上周二晚上,我偶然在 NHK 电视台的节目中看到了波兰奥斯维辛的画面。

这好像是一部系列节目,第一集的标题是《走向大屠杀之路》,通过当时的胶卷影像和幸存者证言等介绍了建造奥斯维辛集中营的因果始末。

这部系列节目还有《死亡工厂》《集中营的看守们》《屠杀的加速》《解放与复仇》,总共是五集。因为每一集都描述了那场大屠杀的实况,所以其中有很多令人不忍目睹的惨烈场景。

根据这部节目介绍,那里的毒气室每天都要处死 350 名犹太人。如果加上其他集中营的受害者,估计多达 1000 万人。

这部节目用动画真实地模拟了毒气室的规模和内部情景,同时还能听到幸存者们亲口陈述的证言,令人感到法西斯的暴行惨绝人寰且不可容忍。

我在本文中提到这部电视节目,并非是想对种族灭绝进行思考,而是想知道观看这个节目的德国人对此会有何感想。

这个节目由英国 BBC 和美国共同制作,原版标题是《AUSCHWITZ–THE NAZIS & THE FINAL SOLUTION》,所以当然也会在欧洲播放,而且德国人肯定也会看到。

毋庸置疑,种族灭绝对德国人来说是最不愿意想起的往事之一。如果有人问到此事,只要德国人回答"那是纳粹党徒干的"或许也就过去了。但所谓的纳粹,是指希特勒第三帝国最优秀正统人种的集团,而且完全可以说现如今几乎所有的德国人都继承了那种血脉。

这就是说,不仅是在欧洲,即使在美国和东方国家,也都能通过电视看到他们的父亲以及祖父们犯下罪恶行径的实况画面。

德国人如何承受、如何渡过心理关——这是比电视影像更大的问题。

我为什么会这样想呢?因为我由此联想到,如果同样用影像资料向全世界呈现日军在第二次世界大战中犯下的罪行会怎样?

也就是说,如果在新发现的资料、现场实况胶片、CG 模拟以及幸存者证言的基础上制作准确描述南京大屠杀和 731 部队罪行事实的系列节目会怎样?

当然,如果说种族大灭绝不同于南京大屠杀也确实有所不同,但屠杀毕竟是屠杀。我们日本人会以什么样的心态观看此类节目呢? 不,或者说我们能够看得下去吗?

就算也能用"那是以前的日军干的"这句话来推脱,但那些罪行也都是我们的父亲和祖父们做过的。

所以看这种节目时,我们真的能够若无其事吗?

那么当看与奥斯维辛相关的节目时,德国人又会怎样呢?

如此说来,我也有熟识的德国人,并曾想向对方提出这个问题。我倒不是想询问关于纳粹的残暴行径,而是想知道他们对于那种残暴行径被展现在全世界人们眼前这件事是怎么想的。

但是,我没能说出口。因为我不想使他感到不愉快,更因为他是心地善良的好男人。

不过,如果真的问了,他会怎样回答呢?

他会说"我不了解那件事"还是会说"我要把那件事当作反思的教材,为世界和平努力工作"呢?

如此说来,从前的德国不仅是在此次的"奥斯维辛"节目中,在电影和纪实片等诸多作品中都被当作反派角色和眼中钉。

例如《夜与雾》《辛德勒的名单》《灰烬与钻石》以及那些爱情电影名作《凯旋门》《卡萨布兰卡》《午夜守门人》《魂断蓝桥》等,都是以纳粹为反派角色摄制的电影。

与其相比,日本虽然是第二次世界大战中的另一个反派角色,却还没有在世界范围内上映的描述凶恶的日本人的作品。不知这是幸运还是不幸。

这种状况的最大原因,可能就是中国、韩国以及东南亚各国在战后经济实力极度疲弱,非常缺乏改编电影和拍摄影像资料的技术和人才。

如果这些国家当时拥有现在这样的经济实力,必定会创作摄制更多描述日军暴行的电影作品和影像资料。

那么,我们日本人该怎样思考,又该怎样面对呢?

也许,当今日本人对战争的认识简单肤浅与这种侥幸的境遇不无关联。

老年人医疗费居高不下

前几天,厚生劳动省发表的统计数据表明,2003年度的国民医疗费高达315375亿日元,刷新了最高纪录。

具体来讲就是,2003年因治疗伤病向医疗机构支付的国民医疗费总额达到了过去从未有过的水平。

根据这个概况,医疗费上升的原因是因为65岁以上的老年人有所增加。

首先,国民每人平均医疗费比上一个年度增加了1.8%,达到247100日元,较此前最高年份2001年的费用增长了2800日元。

那么,查阅各个年龄段的结构图可以发现,65岁以上的老年人占50.4%,也达到了从未有过的水平。

就每人的平均医疗费来讲,65岁以上的人为653300日元,是 64 岁以下的人的 151500 日元的 4.3 倍左右。

其中,75 岁以上的"后期老年人"(虽然我并不喜欢这个说法)的人均医疗费为 809400 日元,医疗费随着年龄逐渐增高是显而易见的。

此外,从诊疗类别来看,药房配药费为 38907 亿日元,比上一年度增加 10% 以上。

厚生劳动省根据这些统计结果推测,医疗费增高的主要原因是"人口老龄化",而且这种倾向将随着老龄化的发展持续下去。

如果只看统计数据确实如此,厚生劳动省的推断似乎颇有道理。但究竟是不是这样呢?

作为使用医疗费最多的 65 岁以上的人之一,我认为有些说法不能只看官方给出的数据。

首先是关于医疗费,这是医疗机构向付款方申报所得款项。

可能有人要问"那又怎样",但是医疗机构所申报的款项有没有问题呢?

当然,人们都认为这是国立、公立和普通医院所申报的款项,所以应该准确无误。不过,这里常有违规行为被揭发而引起社会舆论的情况。

在发生这种情况时,虽然相关方面会以病历等材料为中心,针对诊疗报酬支付基金的明显疑点进行调查,但几乎没有深入医疗现场与接受治疗的患者共同调查的实例。

这其实也是建立在患者对医疗机构信赖的基础上,因为民众都认为医院和医师在申报时不会造假。

虽然我相信多数医疗机构都会如实申报,但也并非没有利用患者的信赖而超额申报医疗费的医院。在现实当中,由于虚假申报受到质疑和调查的医院层出不穷,据说目前已被揭发的只是冰山一角。

现如今,厚生劳动省首先必须做的就是将申报医疗保险费透明化。不过,此事虽然早已呼吁了几十年,可时至今日依旧得不到有效处理。

我在这里提出医院申报医疗费的问题,是因为在可能被利用报假账的对象中老年人最多。

一般来说,年纪大的人生了病就会感到很无助,因此几乎都对医师言听计从。

听到医师说"因为怀疑你可能得了这种病,所以做了这项检查,结果表明你得的确实是这种病,所以要做这项手术,还要服用这种药物",一般的老人此时只能点头答应"是,好的"。

当事人很少会对医师的说法产生疑问并咨询其他专家的意见,而家属也只把老人塞进医院就不管了。这种实例确实不在少数。

而一些年龄更大并且经过低保认证和身心障碍认证的患者几乎不必自己负担医疗费,所以无论医疗机构要求这种患者支付多少医疗费,他们都会言听计从,因为他们不需要自掏腰包。

还有的医院被揭发让老年人一直躺在病床上,只管不停地输液或给药,而根本不想将患者治愈。

这些都是医院利用老人为自己敛财的实例。进一步讲,其实就等同于对老年人的医疗费进行巧取豪夺。

那么在所谓的后期老年人平均每人809400日元的医疗费中,是否包括这种灰色成分在内呢?

其实在某种程度上讲,年龄越大医疗费就会越少。当然,像高血压、腰痛、关节痛、头晕、胸闷气短都会经常发生,但这些症状大都可以通过充分休养和精心护理得到缓解。有时只需与异性交谈或抚摸异性的肌肤就能使患者本人变得心平气和。

如果对这样的人进行强度过大的治疗,只能使病情恶化而几乎没有任何益处。

明知如此,却仍不加区别地把他们塞进医院并施加多余的治疗,显然就是医疗过度了。

所以我觉得实际状况并不是老年人在医疗方面花费太高,而是利用他们为自己敛财的医疗机构太多了。

如果对于统计数据不加审视的话,就会忽略很多关键的环节。

秋来未必待夏去

这几天忽然感到几分秋凉，最高气温也就是二十五六度，清早的气温降至 20 度以下也是常事。

漫长炎热的夏季终于结束，往后秋意会愈加深浓。想到这里，凄凉和伤感油然而生。

此时，我不经意地想起《徒然草》中的一个章节："秋来未必待夏去，暑伏时节已含秋……"

毋庸赘言，《徒然草》的作者是众所周知的吉田兼好法师。用现如今的话来讲，《徒然草》是他写的随笔集，上述引文摘抄于其中的第 155 段。

其前后还有上下文："夏到未必待春逝，秋来未必待夏去。三春未尽暑气生，暑伏时节已含秋，入秋即感三分寒……"

因为眼下正是夏季结束之际，所以我只摘取了"秋来未必待夏去"这一句,确实是相当含蓄的文辞。

一般来讲,人们都深信夏去才能秋来。

但是,兼好法师却认为此事并非那么简单。秋季并不是等夏季完全终结之后才来,而是在暑伏期间秋意就已悄然浮现。

如此说来,确实很有道理。

当我们以为还在夏季时,仰望天空却见高远的蓝天上飘着絮状白云,迎面吹来清爽的微风。

甲子园的全国高中生夏季棒球大赛已进入后半程,当赛场和观众席上欢呼沸腾时,如果不经意地抬头望望天空,就会感到夏季即将过去,而秋季已然临近。

兼好法师所表达的或许就是这种时候的感触吧。

他想说的是,如果平心静气地凝眸注视就能发现在暑伏期间已有秋气随风飘游,反复加强之后金秋即成定局。

当然,这句话并非仅仅针对自然现象而言。

稍稍开拓一下视野就能发现,无论是我们的生活、国家的命运还是企业的发展,都可以适用这条哲理。

其中较为容易理解的比喻就是人的一生。

我认为人生的"盛夏"就是30岁到40岁时,如果是女性或许还要再年轻10岁左右。这个时期正是人生最光辉强盛的时期,堪称热情似火的夏季。

但是,如果平心静气地凝眸注视就能发现,在这个时期已开始出现向老年期过渡的所谓人生之秋的预兆。

实际上,女性每天照镜子或许都会发现,在人生"盛夏"时期已经开始出现皮肤老化的迹象。

而与女性相比,男性虽然身体在逐渐衰老,但好歹还能靠论资排辈提高社会地位,所以不那么容易觉察到"秋意"。

但是,男人在过了50岁之后,就会蓦然感悟人生之秋的落寞,进而愕然失措。

若在人生"盛夏"的中年时代不曾倾听"秋意"来临的脚步声,那么年至初老时惶恐不安的情绪就会愈加强烈。

不管怎么说,老年期并非在中年期过后才猝然而至。如果用《徒然草》的语体来讲就是"老来不等中年尽,衰势已藏盛年中"。或许这样表述更容易理解。

这句话当然也完全适用于公司的经营管理。

某家公司即使获得最大利益达到鼎盛状态即所谓的"盛夏"时期,之后也可能进入"凉秋",有时甚至会面临破产。

这种实例已经不计其数。人们都说这是因为这些企业在时代变化之时没能跟上潮流故而被淘汰了。

但思想敏锐的经营家却会在公司业绩达到巅峰时即洞察

"秋意"并思索下一步的应对措施。

与此相同,社会各界的人气明星和实力派人士也必须在最充实的"夏季"设计崭新的作品,并注意养精蓄锐。

因为人气这种东西,如同转瞬即逝的夏季般虚幻无常,是最不可靠的。

正因如此,如果等到"秋凉"骤至才手忙脚乱则会为时晚矣。越是在人气暴涨时越应该思考并谋划下一步的策略。

兼好法师说的话富有深刻的哲理,尖锐地告诫人们切勿骄傲自满。不过虽说如此,并非所有人都能应对自如。

我虽然这样说,但在重读这段话并有所领悟时,才深切感到自己处于人生"盛夏"时也未曾思索应对"萧瑟凄秋"的策略。

根据《徒然草》,这句话后边是"入秋即感三分寒……叶落皆为孕新芽……"。

既然如此,兼好法师本人又是如何应对的呢?

实际上,他深感世事无常而早早出家了。

为了容忍已处人生之秋的自己,出家确实是最为体面的应对举措。不过,我实在不可能产生那种心境。

如此这般,虽然名著《徒然草》应对如今这个老龄化时代稍显不足,但兼好法师告诫我们必须时刻超前考虑发展策略这一点却是不变的真理。

想跳的家伙就跳吧

阪神猛虎队获得了冠军。

这时,我首先想到的是球迷从戎桥上跳进河里的狂欢。

据说,到30日早上为止已有62人跳了河。

在2003年阪神猛虎队夺冠时有5300人跳河,其中一人死亡。

今年,为了阻止跳河,相关部门除了在戎桥上建起3米高墙之外,还在周围布置了2500名警员严阵以待。

据说,无奈的狂热球迷只好来到西侧150米外的新戎桥,有几人从那里跳入河中。

还有,在戎桥周围受到强行阻止的年轻人爬上附近的信号灯柱和广告牌,甚至引起了骚乱。而且,那些男人在周围起哄者"脱光、脱光"的怂恿下脱成全裸,并面朝围观者从桥边跳下。

据报道,警员见此情景慌忙用扩音喇叭喊话:"立刻下来,否则你将触犯公然猥亵罪。"但没有任何效果。

如此这般,在现场各处都发生了球迷与警员推搡接触的情况。后来,警方以公然猥亵的嫌疑逮捕了3名脱衣裸体的球迷。

体育报和电视台都对此事进行了报道,我在看到那些报道后首先想到的是日本果然是一个和平的国家。因这种事闹腾过度的年轻人显得太幼稚,而反应夸张的警方则太友善了。

狂热的年轻人就像撒娇的小学生,而严阵以待的警员如同毫不掩饰对孩子过度保护的母亲。

"那如果是你会怎样做?"如果有人这样问我,我会回答:"不要管他。"

这种事应该从最初就随其自便。

或许有人会担心,要是死了人该怎么办,但是,如果看到有人死了,大家肯定就会更成熟些了。

无论什么事情,最好都通过实际体验令其知晓利害。

总而言之,不管你怎样警告那样做有受伤乃至致命的危险,他们都会去冒险。

所以,说到底都是自作自受。

现场有数十名警员用话筒连续发出警告,甚至设置路障阻挡球迷靠近。

这个情景使我想到近年来的学校教育。校方也是过度戒备，无论做什么事情都说有危险，把孩子们封闭在狭窄的教室或运动场上，不让他们去其他任何地方。

当然，由于近年来社会上不太安宁，所以有必要多加提醒，因此可以说这种心情也并非不能理解。

听说，跳桥的球迷中也有年轻女性，但绝大多数都是年龄相当的小伙子。

因为他们都是自己想跳才跳的，所以该由他们自己负全责。

如果不让他们记住这一点，就无法让这些幼稚的年轻人长成大人。

在日本一旦有事就把责任推到政府或活动主办方身上，但我认为其实当事人首先应该注意保护自身安全。

如果总是过度保护会让年轻人得寸进尺，这样他们就永远长不大，而且只会使撒娇的人越来越多。

总而言之，警戒戎桥所用的路障和出勤的警员的费用不会是小数字，而且花的都是纳税人的钱，因此我觉得太可惜了。

所以，哪个家伙想跳桥就随便他跳吧，而且还要叫他清理干净河底的垃圾！

《NANA》观后感

我常常会心血来潮地去看一场电影。

我就住在涩谷,去周围的电影院的路程都在 10 分钟之内。不,去最近的电影院只需两分钟,因此可以说占有地利条件吧。

而且我有老年人优惠,无论进哪家影院都只需一千日元,所以再没有比这更轻松方便的娱乐方式了。

我前几天去看了《NANA》这部电影。

这部电影改编自矢泽爱女士的超人气少女漫画连载。公映之初,我预料影院肯定拥挤不堪且一定都是年轻人,所以我选择暂时敬而远之。

过了一个月后,我觉得差不多了,就在某个休息日走进了影院。还好观众不算太多。

因此，我得以从容自若地观赏了电影。这部影片非常好，令我感到意外，不过或许也不该说是意外。

主人公是与我年龄相差甚远的 20 岁女孩，但作品鲜活生动地描写了她青春的强韧和脆弱，引起了我的共鸣。

既然是以畅销作品改编的电影，基础当然十分扎实。大谷健太郎导演和浅野妙子二位创作的剧本非常好，拍摄制作也是一气呵成。

在时下过度编造故事的青春影片中，这部作品的最大优点是主人公们的生活具有非常确切的真实感。

NANA——两个具有同样名字的女孩偶然在驶向东京的新干线列车里相遇。其后，又在同租没有电梯的公寓时邂逅。

虽然这段情节稍显牵强，但她们渐渐相互吸引并萌发了友情。

其中之一的大崎娜娜是某朋克乐队的主唱歌手，因心怀在东京成名的梦想而来到东京寻求发展。她从很早就与父母离别，经历过不幸的童年。她总是连续不断地抽烟，而且爱打扮成前卫的朋克范儿。她虽然装出一副所谓不良少女的样子，但本性却是既纤弱又容易受伤。

另一位是小松奈奈，她为了追寻一去不复返的恋人来到了东京。

这位小松奈奈在温馨的家庭里茁壮成长,是一位性情温和的大小姐。她不会轻易对人产生疑心,是那种把爱情看得比工作重要的类型。

她爱穿的大都是白色或粉红色这类优雅温馨的衣物,系在衣领间的围巾也有种复古的感觉,看上去特别可爱。

两位成长经历、性格、人生目标等全都截然不同的NANA在相处中产生各种碰撞,就是这部影片的看点。

其中,由中岛美嘉饰演的大崎娜娜头脑敏锐而感情细腻,一副艺术家范儿。如果以犬类来比喻的话,就像爱乱叫的波索尔犬。

而且中岛美嘉本身就是歌手,所以唱歌很棒,但在其高傲态度的背后却透出孤独的阴影。

不过,我觉得这种个性较强的角色只要确定了方向就比较容易表现。

与此相比,由宫崎葵饰演的小松奈奈是温文尔雅的大小姐,感觉就像可爱的小狗狗。不过,正因为个性不太突出,所以对演员来说反倒难以拿捏。

我是第一次看到这位女演员主演的电影,觉得她在这方面的把握确实很到位。

她在待人处事上表现得亲切温顺、坦率实在,而且就连源自这种温顺的呆萌感也被她演绎出来了。

总而言之,这两个性格相反的人物的青春光影带着确切的真实感,甚至触动了我这样的人。

再说一下平冈佑太、玉山铁二、松田龙平等男演员阵容,他们虽然外表看上去没有那么温和,但心地却很善良,确实体现出了当代风格。

与这部《NANA》相比,我接下来看到的《外出》这部电影却真不怎么样。

有的读者看到这里可能会说:"什么?你居然净看些赶时髦的电影?"

确实是这样,因为我实在不想去看那些描写乱枪杀人的美式枪战片和所谓描写市井百姓生活悲喜的老套影片。

说到《外出》,虽然摄制方的目的在于把裴勇俊作为看点,但这部影片太没有分量了。

首先开场就是那对男女奇迹般的相遇。不过,因为自《冬季恋歌》以来我已适应了各种奇迹,所以并未对此感到惊讶。但是,其后的发展实在太荒唐无聊了。

我不想在此一一列举,但所有的情节都那么拖沓松垮,感情戏过多。

根据许秦豪导演所讲,他采取的是尽量压缩台词,主要以表情演戏的演绎方式。但是,这样一来却让人很难看出那两人在考虑什么或者想做什么。

特别是临近结局时,男主角究竟是喜欢从昏迷中苏醒的妻子还是孙艺珍饰演的婚外情人都令人搞不懂。我真想大声喝问:"请交代清楚!"

如此演绎,与其说这是电影作品倒不如说是裴勇俊自己的宣传片了。

其中唯一的看点也许就是裴勇俊裸露的发达腹肌,虽然只是一瞬间的画面。这难道是裴勇俊赠给粉丝们的福利吗?

所以与其相比,《NANA》的优势更加明显。

不过,我在观影时没看到其他像我这样的白发老人,也许我是年龄最高的观众这一记录还没被打破。

不能呼吸同样的空气

我的一个熟人 S 离婚了。不，准确地讲应该是他被妻子下了休书。

他今年 62 岁，因为离婚时刚好是他从一家大型制造工厂退休后的第二年，所以他受到的打击似乎相当大。

丈夫一退休就离婚，这已不是什么稀罕事了。

据说，发生这种情况几乎都是妻子提出的要求。

在此之前，丈夫要去公司上班，几乎每个白天都不在家。但是，从退休那天起，丈夫突然每天都待在家里，再也不出门了。

从早到晚一天 24 个小时，丈夫总在家里待着。这种状态让妻子很难适应，所以焦虑情绪越来越严重。

"你别老窝在家里不动弹，偶尔也去外边转转嘛！"

尽管妻子天天催促,但失去工作的男人并没有合适的去处。

而与丈夫相比,主妇却早已完成相夫教子的任务并开始享受自由的时光。她们不仅广交朋友,而且想去的地方也很多。

于是,妻子让丈夫留守家中,然后自己出了门,因此留守家中的丈夫开始心有不爽。

每当妻子出门时丈夫都会问:"你要去哪里?几点回来?"

这与年轻时的模式相反,以往都是妻子问出门上班的丈夫:"今天几点能回来呀?"而且,就像以前丈夫回答"不会太晚"一样,妻子现在也回答"不会太晚"。

但是,如果稍稍超过出门前说定的时间,丈夫就会严厉地盘问:"怎么这么晚才回来?你去哪儿啦?"

妻子对这种盘问十分反感,不久就会陷入郁闷苦恼,并痛切地想要是没有这个人我可以多么自由啊!而且,即使继续跟这个人在一起生活也无利可图。从今往后丈夫再不会拿工资回家了,不能自立的丈夫只能是越来越沉重的负担。

终于,妻子斩钉截铁地提出了离婚要求。

"咱们就此分手吧!"

虽然此话一出难免引起大吵大闹,可结局却只能是夫妻分道扬镳。

当然，以上只是我想象的过程而已。

因为S原本就是沉默寡言的人，所以他不会告诉我离婚的真正原因。或者莫如说，我已看出他不太想告诉我，所以也就没去刨根问底。

不过，他嘟囔了一句："她说不想跟我呼吸同样的空气啊……"

然后，他又补充说："她那样说，我也实在无可奈何呀……"

从他极为困惑的表情中，我看到了他的懊悔和遗憾。

考虑到S的人品，我觉得他妻子说的那些话确实近乎苛刻。

S与妻子的关系如何暂且不论，但他长年专心致志于工作，既勤奋又踏实，从未听说过他醉酒误事或拈花惹草的事情。

他的妻子以"不能呼吸同样的空气"作为分手的原因，未免太专横苛刻了。

S听到此话肯定也想说："那你是想叫我不要呼吸吗？"其实，或许就是因为人如果不呼吸空气就不能生存，所以他才无可奈何地与妻子离婚了吧。

总而言之，这句话源于女性独特的感觉，表示出女性生理层面上的厌恶。

一般的男性不会说出这种话来。

例如,男性对已经厌烦并想分手的女性根本说不出"我不想跟你呼吸同样的空气"这种话。非但如此,男性即使跟相当厌恶的女性也至少还能一起呼吸空气。有的还能沉默不语地一起看电影、一起吃饭。

如果不需要聊天和取悦对方的话,男性在一定时间内能够满不在乎地与对方相处。

不过,女性的洁癖感很强,对于讨厌的男人往往会冷酷无情且不留余地地拒之于千里之外。

S心情沮丧的最大原因似乎就在于那个分手的理由过于冷漠,而且是纯生理性的,没有任何逻辑性可言。

如果他的妻子说出的理由是"你太抠门儿""你有别的女人""你总是犹犹豫豫""你饮酒太多"等,倒还有挽回的可能。

但是,既然说出"不想呼吸同样的空气"这种话来,那就回天乏术了。

S是个做任何事都优先考虑规矩和道理的人,只会按照男性社会的逻辑生存。所以当他的妻子因为所谓的生理感觉提出离婚时,他会立马惊慌失措,并就此迷惘消沉下去。

"那以后呢……"

我问他今后打算怎么办，S 点一下头回答道："过一段时间那女人也会感到孤单，也许能回来呢……"

那怎么可能呀？

女人一旦分手离去就代表彻底结束了，绝对没有半点儿回来的可能性。对那种女人趁早死了心吧——我真想把这话告诉 S。

但是，当我看到他那善良的目光时，实在难以开口。

总而言之，男人就是这种无论到何时都天真幼稚且旧情难断的动物。

车座朝后引发的诉讼

我在看报纸时常常发现颇具妙趣的报道。而且,这种短小的报道往往不是登在头版,而是登在社会版的不起眼的角落里。

我在这里介绍的报道也是如此,但这则报道读起来却让人感到有些滑稽,或者说让人在偷笑的同时又会生出些同情。

我在大概十天前看到这则报道,标题是《车座朝后也不影响头等车厢的舒适度,身体不适的男子索赔遭东京地方法院驳回》。

该报道的内容是,某男士乘坐了从下田站到东京站的特快列车,其座席位于头等车厢。但是,那种座椅是位于最后一节车厢的观景席,不能向前方转动。该男士因此发生了眩晕现象,而且回家后不适感依然持续。

于是,他向JR东日本公司提起诉讼,要求其赔偿损失费50万日元。但是,东京地方法院驳回了他的要求。

法院驳回索赔要求的理由是,虽然不可转向座椅在舒适性方面存在问题,但座椅的宽敞程度以及左右两侧的排列依然符合高等级车厢的规格。

也就是说,虽然座椅只能朝向列车后方,但因为宽度和左右两侧的排列都与标准的一等席相同,所以没有问题。

各位读者对此怎样看呢?

或许有人会说"这种事儿无所谓",但我对这种事儿相当感兴趣。

我的意见是赞成那位投诉的大叔。

请大家想想,那位大叔特意多掏钱乘坐一等座,可从发车到终点却一直被朝着反方向牵引行进,当然会不愉快了。

任何人乘坐列车都愿意正面朝着行进的方向。

先不说背朝行进的方向是否能引起眩晕,但乘坐时肯定心情难以放松,而且身体也得不到休息。

当然,有些乘客也常常把前排座椅转过来,觉得四人对坐更加快乐。

不过,在这种情况下背朝行进方向而坐的几乎都是年轻人或地位较低的乘客。

我经常看到貌似高尔夫球友的男乘客们这样坐,但面朝行进方向的肯定是经理、主任之类的上级,而背朝行进方向的都是下属。

在这种场合中,绝对不会有搞反的例子。

遇到这种情况时,下属肯定会说一句"主任,我坐这边",然后主动坐在背朝行进方向的座椅上。

但如果身为下属却坐在面朝行进方向的座椅上,恐怕就会有人责难"你是怎么回事儿"。

而且,在相对而坐时大家一般都会喝点儿啤酒或清酒,同时一起愉快地聊天。

此时就算背朝行进方向而坐,也不会明显感到不适。

但是,如果独自一人这样从起点坐到终点的话,恐怕难免心生不快。

再加上那位男士内耳半规管功能衰弱,所以他近似眩晕的不适感长时间持续以至于想打官司索赔,这种心情并非不能理解。

谈到座席的问题,我认为还有几点不公平的现象。

例如新干线的一等车厢,在行进方向最前排挨着过道的座位,由于乘务员和乘客频繁经过这里,车门也频繁开闭,坐在此处的乘客由此引起的不安感觉十分强烈。

而且,坐在这个位置无法观赏窗外风景,从各方面来讲都比靠窗的座位低一个等级。

虽然其间的差额我无法判定,但为这个座位打九折应该是可行的吧。

坐飞机当然也一样,靠窗或挨着过道的座位倒也罢了,但夹在每排三座或五座中间的乘客肯定会感到很憋屈,而且每当进进出出时都得道歉说"对不起"。

然而,JR 公司和航空公司对这一点却佯装不知。

当然,有空座时与满员时情况确实不同。

那么,能不能在满员时为夹在中间的乘客打折呢?

而且法院的那条判决也令我难以完全赞同。

明明说"在舒适性方面还存在问题",也就是承认了舒适感不足,可是却又说那样也可以。

其理由是座椅的宽度和排列都满足了规格要求。

但对于乘客来说,面朝行进方向这一点也同样重要吧。

据说,JR 东日本公司后来赶紧在时刻表上标明最后排的座椅不可转动方向。

这就是证据。

今后,我就算有机会乘坐这种列车也不会选那排座位。

而那位男士提出索赔诉讼的意义,就在于他让大家了解了这个问题。

即便如此,我认为JR还是应该把区区50万日元赔付给那位男士更好。

受孕日重于生日

10月24日是我的生日。

看到这句开头语,可能有人会问:"怎么?你宣布自己的生日是企图叫别人向你表示祝贺吗?"不,我可不会为那种狭隘的目的动笔写这篇文章。

其实,我写这篇文章是想从新的视角思考各种生日。

以前,确切说很久以前,在我还是医学部学生的那个时期,课程中还有妇产科的临床实习。学生们都跟在老师身后学习临床诊疗技术,但不管到哪里,患者都会对实习生敬而远之。

这也是理所当然的事情。患者要接受非常重要的诊察,可这时却有那么多一无所知的学生在场。这时,他们会感到自己仿佛变成了展示品,内心根本无法平静。而且在妇产科的时候,这种情况就更加令患者讨厌了,所以大家都十分拘谨。

那一次,有位孕妇来医院就诊,医师向对方告知预产期。

预产期是根据末次例假的日期推算出来的,一般都是"末次例假的月份加9,日期加7"。

比方说,如果最后一次例假的第一天是2月10日的话,那么月份是2加9,而日期是10加7,那么预产期就是11月17号。

虽然看起来很简单,但如果月份在加算后超过了12,日期在加算后超过了30或31的话,计算起来就有些麻烦了。所以,使用类似卷尺的计算器具可以很快算出预产期。

当然,已经习以为常的医师们都能很快默默地算出来,而实习生则需要暂时使用那种器具来练习推算预产期。

不过,说到底这也是在例假准确且胎儿发育正常的条件下算出的预产期。

当时,虽然我也用那种器具练习推算预产期,却觉得很无聊,于是突然想搞恶作剧,打算从我的生日开始逆向转动计算器。

结果怎么样?我算出了母亲的末次例假日期,再加上到排卵期的14天,居然算出了我在这个世界被赋予生命即受精卵形成的日期!

如果有人对我说"那又怎样",我确实也无言以答,但我心中顿时产生了一种神圣感。

我通过倒推计算得知,父母这次性生活是在1月31日。虽然不免多少有些偏差,但就在这前后两三天内,之后发展成我的受精卵已着床在母亲的子宫里了。

如果父母此时没有性生活,那我这个人就不会出生在这个世界上了。

如此想来,就觉得1月31日是个极为宝贵的日子。根据看法的不同,或许这个日子比生日的意义还要重要。

虽说如此,但我的父母居然会在这么冷的日子里进行性生活。

因为我出生在北海道,所以会不会是因为当时天太冷,他们在相互依偎取暖时父亲就怦然情动而向母亲求欢了呢?

虽说想象父母做爱未必是件愉快的事情,但记住自己的生命在这个世界上开始存在的日期或许未必是件坏事。

当时有个一起实习的同学生日是9月24日,倒推后居然算出他父母进行性生活时是1月1日!

他高兴得连连拍手说:"这么巧。"

于是有人推测:"既然那天是元旦,有可能是你老爸屠苏酒喝多了,就趁着酒劲儿跟你母亲做爱了。"还有人说:"你会不会是个'酪酊儿'呀?"

顺带解释一下,所谓"酪酊儿"或"酒精儿",是指其父亲在醉酒时与其母亲性交,继而受孕生出的残障婴儿。

说起来,我周围有很多人都是6月和7月出生的,可能就是因为他们的父母在天气凉爽的9月和10月做爱次数较多吧。

另外,在4月和5月出生的人,因为他们的父母是在酷暑难耐的7月和8月辛苦造人,所以他们理应对他们的父母心怀更多感恩之情。

到了我这样的年龄,很多人都会说:"生日到了也没什么好高兴的嘛!"

但是,我却不这样想。

这是因为人从60岁"还历[①]"开始就每年减一岁,所以应该是越活越年轻了。

总而言之,从年龄的意义来考虑,生日就变得特别值得庆祝。而在此之前母亲受孕的那一天,也是值得回想的日子。

现如今很多人一到过生日就特别高兴,心里只想着大家给自己送礼物、唱生日快乐歌,然后一起吃生日蛋糕。

---

①还历:花甲,60周岁。意谓天干和地支的组合至第61年又循环到初始的干支。

但是，我希望人们至少在这个日子里想想生养自己的父母。

然后向他们表示感谢，说声"多谢养育之恩"。

总而言之，都是托了父母相亲相爱的福，我们才来到了这个世界。如果他们没有在那个时刻做爱造人，自己就不会出生在这个世界。从这个意义上来讲，受孕之日十分重要。

大家都很在意自己的生日和星座，好像还有很多人以此卜卦算命并盲目迷信。可我觉得，比起那些，还不如用受孕之日来卜卦算命，才能算得准确。

关于演讲会

"昨天金泽,今天福井……"这句话说来就像某流行歌曲的歌词。

但其实这些都是我将在本周巡回演讲的日期和城市名称。不仅如此,在今年的9月、10月和11月,我也举行过多次演讲会。

因为这个季节被称为"文化之秋",虽说得到主办方邀约令我非常高兴,但是我心里还是觉得有点儿累。

这些演讲会的主办方多种多样,有各地方自治团体、各种企业、各种报社和电视台等媒体相关机构,还有各大学和医学协会等。

演讲会的规模从数百人到近千人不等,演讲题目都是请主办方从《男人与女人》《男女之情的奥秘》《各种才能》《白金年代的生存方式》中选取的。

其中,某金融相关公司向我征询意见,问我:"能不能对外公开以《各种才能》为题,实际在内部讲讲男女方面的问题呢?"

虽然我想说那就直接以《男人与女人》为题就行了,但是,据说由于对方属于管钱的机构,所以对外公开较为正统的题目更稳妥些。

在日本的企业中,居然还蔓延着如此陈旧落后的观念,实在太令人悲哀了。

这且不说,后来我去举办这场演讲,在代理人和主办方的陪同下到达当地,然后乘坐车辆等前往会场。我先被领到等候室,但此时令我深感困惑的是陪同者让我走在前边并频繁地说"您先请"。

对方连续说"您先请"或许是想表示尊敬,可我初来乍到根本不知道往哪里走。

我向对方说"你在前边领路吧",可是在走廊拐角处他还是说"您先请"。

如此的谦让精神未免有些过度,反倒令我更加忐忑不安了。

再说一下上台演讲的时刻,我其实最害怕的就是从长长的听众席的过道走到讲台前。而且一般情况下,主持人都会提示听众"以热烈的掌声欢迎渡边先生上台演讲",让我在掌声中从会场后方走向讲台。

我又不是演员,如果主持人不提示掌声欢迎,是不是会冷场呢?那样的场面总让我胡思乱想。

因为我不喜欢这一套,所以总是在舞台侧面靠近讲桌的位置待命。听到"请"时就出场。这样离讲桌最近,所以不会太麻烦。

但是,此后主持人介绍我的个人经历时,再次令我深感困惑。

本来我的个人经历都已印在小册子上提前分发给听众了,所以我不希望上台后再宣读一遍。

其实这方面的事项在预先磋商时都已确定,可还是有人操作失误。

今年就又发生过一次,而我在讲台上只能像被打蔫儿的花一样耷拉着脑袋。

我见主持人没完没了地介绍,就干咳了两次示意"别再说了",可对方依然说个不停。

最后当主持人终于介绍完毕时,我已经疲劳不堪,都不知该从哪里讲起了。

而且,我演讲时一定要站着进行。虽然对方提示我可以坐下讲,但我觉得还是站着讲比较好,这样既放松又舒畅。

另外,我实在用不惯讲台上的固定话筒,所以总是自己用右手拿着无线话筒演讲。虽说这样不会妨碍身体左右移动,但我曾经忘记打开话筒电源,一时狼狈不堪。

然后,再说一下听众们的反应。听众的反应因演讲内容而有所不同,反应最热烈的一般是中老年的女性听众。那些所谓的大妈们总是向我报以爽朗的欢笑。特别是城市里的大妈们,一般都会坦诚地面对自己的感情问题向我提问。另外,年轻人的反应也很好,让我觉得很有成就感。

与此相反,反应最差的就是所谓的大叔们。特别是从50岁到70岁的大叔们,而且年纪越大表情越僵硬,根本不会笑。

其中还有人说"我绝对不笑",就像在玩憋笑游戏。但是,当我看到这样的人忍不住偷笑时,欣喜之情胜过一切。

不过,我有一件在演讲过程中想做却未能如愿的事情。

那就是我很想用讲桌上摆放的水壶给水杯里加水,然后从容不迫地喝几口。

每当演讲进行到一个多小时,我就会渴得想喝水,但我却仍然做不到在讲台上喝水。

不,其实我曾试过一次。我突然中断演讲,拿起水壶往水杯里倒水。会场里瞬间像泼了冷水般静默无声,听众们都屏息凝神地注视着我。

当我想起那次经历,心中就产生强烈的不安,生怕手抖得厉害把水洒出来,于是作罢。

从那以后,我一直不敢冒险在台上喝水,眼看今年都快过去了。

不过,明年我一定要在台上喝水让大家看看。或许能够做到这一点,才可以算是够格的演讲家。

恋药癖的下场

高一女生杀母未遂——如此令人毛骨悚然的案例十分罕见。

一个女高中生竟然做出这种事情,她的心理背景是什么?究竟是什么原因导致她做出这种事情呢?

这是作为作者的我颇感兴趣的事件。

首先,这个事件暴露了一个问题,女高中生如此轻易得到了醋酸铊和硫酸锑等危险药物。

订购这种药物必须在相关表格中填写真实姓名和住址,且法律规定禁止未满18岁的少年购买此类药物。

但是,药店却不确认购药者的年龄就从批发商进货并轻率地卖给了女高中生。

对这类药物的管控不严是个大问题。而即使已有年龄限制,但因为超过18岁即可无所顾忌地购买,所以也许这种年龄限制并没有实际意义。

事情已经发展到现今的高中生都能够轻易地订购和使用危险药物了。

如果这种事情像游戏般流行起来的话,后果将不堪设想。为了不发展到那一步,厚生劳动省应该研讨限制此种药物买卖的管理法。

还有一件事令我深感惊讶,那就是这个女高中生居然详细记录了母亲用药后身体衰弱的过程并将其发表到博客,此外她还多次对母亲的表情和身体进行拍照。

那么,这个女高中生为什么会开始热衷于做这种事情呢?

在此万万不可忽视的是人们对药物的好奇心。

药物这种东西,一旦开始使用往往会被其魔力吸引而不可自拔。

我当医师时也曾为患者开过各种各样的处方,如果药物在患者身上发挥了预期的功效,我就会对自己的正确选择感到十分满足。

与此相反,在处方效果不好时,我就会选配其他药物或改变投药方法,直到患者服药见效我才能心满意足。

当然,由于我从事的是外科,所以不太依靠药物治疗。虽说如此，但作为医师或大或小都是个配药开药的匠人，有时也会过度相信和依赖药物。

我去年出版的小说《幻觉》，讲的就是精神科医师被药物魔力诱惑而以此操控患者从而引发刑事案件的故事。

当然，这种案例十分特殊，一般的医师毫无疑问都是为了治好患者的疾病而开处方和投药。

然而，那个女高中生所使用的却是折磨人的致命的处方。

当然，害人致命比治病救命简单。

在我的另一部小说《显微玻片的暗影》中，某研究所的医师在用显微镜观察玻片上展现的强致病性病原菌时，被那种难以想象的美丽所蛊惑，竟然产生了散布细菌的冲动。

另外，在《失乐园》中，难舍难分的两位主人公为了同时死去而在红酒中加入氰化钾。

我为了描写这个场面，特意去某医学研究所观察过氰化钾。那是纯白色的粉末，即使说成是白糖也不会有人怀疑。

但是，这种剧毒物质只要一耳勺的量，就能在瞬间将数人置于死地。我在观察时甚至产生冲动想舔一下。

总而言之，可怕的毒药和细菌既令人毛骨悚然又具有诱惑力，没有任何物质能与其相比。

据我推测，那个女高中生也深深地迷恋上药物的魔力，养成了"恋药癖"。

她从初中时代开始就喜欢化学,在专心研习的过程中感受到药物的魔力,然后很快沉迷于其中。

这种"恋药癖"的快乐就在于使用药物让自己、让周围的小动物、让家人和亲戚朋友陷入各种状态之中。

他想叫哪个人怎样就立刻能够做到。

那些药物还可以轻易地改变离她最近的且无法对抗的巨大存在——母亲。她对药物的迷恋已经到了走火入魔的地步。

总而言之,她对能够随意改变对方感到乐趣无穷。

所以,她既非对母亲怀恨在心,更不是憎恶小猫小狗之类的动物。

她就是想看到药物显示出强大的魔力。

正因如此,她在开始时也想通过服用药物亲自体验一下难受的感觉。

总而言之,比起母亲以及其他任何人,她最喜欢的还是药物。

对于她来说,唯一能够表现自己的手段就是使用药物。

所以,她可以无所顾忌地在博客中发表使用药物的效果,而且完全没有意识到自己犯下了大罪。

此外,学校的老师和同学都深信她是化学专业的高才生。

如果她的所作所为未被曝光,而她继续作为高才生发展下去,结果会怎样呢?

再没有比病态般地迷恋一个专业的高才生更愚蠢和可怕的生物了。

高尔夫与小说

绵长的秋雨期终于结束,眼下已到了打高尔夫的季节。

但是,我几乎没去打高尔夫。或莫如说,我不太想打高尔夫才是真心话。

有人问我原因,我就含糊其词地回应。于是对方说:"你一定是太忙了吧?"

"嗯,是啊……"

我虽然大都如此回答,但其实原因并非如此。

"因为我退步了。"

这才是坦率的答案。但我不想那样说,所以总是含糊其词地回答。

我打高尔夫的水平退步了,确切地说是分数越来越差。其最大的原因就是击球距离比原来下降了许多。

我在鼎盛时期曾能轻松地打出 230 码到 240 码,可现如今连 200 码都打不到,几乎都落在 180 码的位置。

当然,因为球杆的击球距离有所下降,所以进攻策略也就完全不同了。近 400 码的中距离球洞自不必说,连 350 码到 360 码的中洞都不得不打 3 杆才能完成。

这样一来几乎与长洞的杆数相同,如果靠近球洞再失误,就会超过 90 杆甚至接近 100 杆。不,有时还会超过 100 杆。

当我想起让分差点曾经达到 14 杆,我就怒从中来,觉得特别没趣。

如此这般,我就渐渐远离高尔夫了。

在这一点上,一位我十分尊敬的朋友——大王造纸的老总川井先生也是同样。据说,他近来也完全不打高尔夫了。

因为他曾是货真价实的单差点高手,所以我完全明白他比我还厌恶打高尔夫的原因。

如此看来,我有 14 个差点或许还不算压力太大。

因为如果是低差点的高手,精神压力肯定会更大。

从这个意义上来看,球技差的人虽然因年龄增大而球技下降,但下降的幅度相对较小,所以不会对自己产生更加强烈的不满。

但尽管如此,击球距离明显缩短还是令我深感懊恼,这对我打击非常大。

这时,我想起了已故摄影家秋山庄太郎先生。在我的鼎盛时期,他对自己击球距离开始缩短似乎懊恼不已,在看到我用一号木杆击球的落点时,总是指着前方二三十码处说:"我以前能打到那个位置呢!"

我也就表面上表示钦佩地说:"真棒呀!"可心里却想就算以前打得远,可现在打不远也没意义嘛!

可是现如今同样的事情发生在自己身上,所以我还是不要勉强辩解,而是应闷头打球为宜。

实际上,秋山先生那时也渐渐变得沉默寡言。比起打球,他更热衷于拍摄球场上开放的花朵。总而言之,大家对于高尔夫都已放弃了通俗意义上的奢欲,但又不那么容易完全割舍。

另外还有一位,就是已故的三井物产的会长八寻先生。

不知是什么原因,这位先生对我很感兴趣。我们曾多次在银座和赤坂的俱乐部聚会,但从未结伴打过高尔夫。

他说:"我觉得跟高手打球没什么意思,所以就不跟你玩儿啦!"因此,他总是跟球技比自己差的人打高尔夫。

但是,原本球技就很差的他越来越无法提高,只能望着副总经理等手下叹息道:"现在能跟我玩的就只剩下那些家伙们啦!"

在我的小说《失乐园》出版时,这位八寻先生身体还十分硬朗。有一次,在赤坂的酒吧里他对我说:"瞧你多好呀!在日记本上写写就能直接变成钱!"

这当然是玩笑话,但又似乎多少有些道理。虽然我提出了反驳意见,但他只是默默地笑了笑。

我由此想起,自己在写《失乐园》时也几乎没有打过高尔夫。

倒也并非有什么特殊理由,如果牵强地说,那就是因为在写像《失乐园》这类浓重细腻的文章时,与在蓝天绿茵间追逐小白球的愉快感觉很不相称。

而我眼下正在写《爱的流刑地》,所以还是没有心思去打高尔夫。

我现在是《爱的流刑地》的主人公的心态,如果此时去打高尔夫,小说就会偏离主调。

因此,在前些天即将举办薮之会高尔夫球赛之际,我在本人近况栏中填写了如下话语:

"菊治正深陷极度悲哀的境况之中,我实在无心去打高尔夫。"

仔细想来,或许这就是我高尔夫球技骤降的最大原因。

这么说,球技在连载完结之后就能恢复吗?不,恐怕再也不能恢复到原先的水平了。既然如此,我就只能继续写作而别无其他选择。

总而言之,我现在已经找到了自己球技下降的原因,所以即使成绩不好也能有几分心安理得了。

俏皮的鞋

我从很早以前就想穿那种脚尖长长的皮鞋。

我当然也多次去鞋店拿起那种鞋试穿过,但都不太合适。

这是因为我的脚掌宽、脚背高,只能穿上脚围 3E 或 4E 的宽肥版皮鞋。

当我看到修长漂亮的皮鞋时就会想到,如果我能穿上这种鞋精神抖擞地健步前行该会多帅呀!

穿上这种鞋就是跷起二郎腿展示鞋尖也特别有范儿。我还有更多的梦想,但终归无法实现。

我望着双脚心想,要想穿那种鞋就必须切除一个小脚趾的宽度,否则比登天还难。

我写了这么多关于自己的脚的烦恼,坦白地讲是因为我是扁平足。

扁平足就是脚掌中央的弓形缺乏张力,即俗话所说的"平脚板"。

这种扁平足的原因有先天性和后天性之分。后天性的扁平足是由于长期穿木屐或长期从事站在平板上的工作而形成的。

我自己是因为在上高中时强装粗犷硬汉,常常穿着木屐走3公里去上学。这是一个原因,但也不能否定还有先天性的因素。

我从小脚就偏平,小时候洗完澡常常不擦脚就跑出来,平脚的水印留在木地板上,一旦被父母发现,他们马上就会知道是我,然后来斥责我。

由于这些原因,到如今我只能欲哭无泪地穿那种宽肥的皮鞋。

人们常说扁平足的人都因脚力弱而不善于奔跑,但根本没有那回事。我比常人走路快一倍,而且小时候跑得也挺快。

所以扁平足只是看上去美感稍显不足而已。

近来流行足底按摩,我去了之后,对方会对我说:"您的脚长得好气派哦!"

这话像是在恭维我,但其实就跟说"您的脚掌好宽呀"是同一个意思。

碰到这种情况我都会回答说:"因为我比别人稍稍进化得快一点儿嘛!"

"啊?"

虽然几乎所有人都有这样的反应,但平板脚就是比足弓明显的脚进化得更快。

通过观察猴子就能发现,它们为了在树上爬来爬去,脚掌心异常宽深,因此易于抓牢树枝。此即所谓的"猿猴脚"。

但是,猿猴在进化过程中结束了树上的生活而开始在地面生活,于是就渐渐地不需要宽而深的脚掌心了。

特别是在开始穿鞋之后,脚掌心就彻底没用了。

虽然我自己相信这一点,但好像有很多人仍不能坦率地接受。

前几天我过生日时,各位编辑说要送我礼物。

他们还说,如果自作主张可能会选到我不想要的物品,所以让我明确说出想要什么。

于是,我下定决心回答说想要一双前端细长、特别有派头的皮鞋。

扁平足是进化的证据,所以我对此没有不满意。不过,我还是想穿穿前端细长的纤俏皮鞋。

其实我并不十分期待,心想这事不会那么容易。但后来他们说:"那种鞋款式很多,请一起去店里挑选吧!"

我心想不可能有那么多款式,但还是跟着他们去了古驰的皮鞋专柜。

我到那儿一看,货架上确实摆着一排排各色细长款皮鞋。

我选了几种放在地板上试穿,全都能顺顺溜溜地穿进去。而且看上去并不宽肥,两侧鞋帮也没有憋屈的感觉。

听周围人说"你穿上显得更帅了",我立刻喜欢上了那款皮鞋。可是为什么穿的时候竟然毫不费劲儿呢?

我一时感到不可思议,其实原因很简单——这种鞋整体较长。所以,关键的宽度符合我的要求,而且视觉效果仍显纤巧。

我这时才恍然大悟,原来道理就这么简单。可是,我以前怎么就没发现呢?

可以说,我以前总想找完全合脚的鞋就是错误的根源。

也就是说,先不要考虑是否合脚,只要找到好穿的、有派头的鞋就行。

我确定"就是它"的那一款穿着很合适,而且鞋尖细长。

当然,脚趾不会顶到头,鞋尖总是空着。不过,这样才能显得俏皮有派头。就是这么回事儿!

总而言之,与尺寸是否合适相比,视觉效果更加重要。

如此这般,近来只要有演讲会,我一定要穿上这双前端细长的古驰牌的皮鞋去。

不过,穿这种鞋时有一点必须要注意。

那就是抬脚的高度必须加上多出的长度。

因为,有一次在某会场上讲台时,我仍按平常的高度抬脚,可是却险些绊倒。

从那以后,我总是注意尽量高抬脚走路——虽然不至于像军人踢正步那样。

这样走路麻烦倒也确实麻烦。不过,最近我终于穿惯这种特别俏皮且有派头的皮鞋了。

关于历史认识

即使是观看同一张照片,观看的感受也会因人而异。

例如,那种刚刚战败时化为废墟的东京市区的照片。看到这幅景象,有的人想起当时人们生活的困苦和悲惨,有的人只会把焦土当作荒野,还有人根本不知道这是什么照片。

虽然感受因人而异,但或许这本身就是历史认识。

我突然想起这件事情,是因为前几天看到某体育报登载的一张照片,由此感受到了很强烈的违和感。

那张横幅照片占据了文艺版上下四段篇幅,正中央有个穿军装、戴军帽、蹬军靴、留着长胡须的男子,他正举着双手笑着跳舞。

乍看像是旧时日军军官的装扮,只是没带军刀这一点有所不同。

照片上还有另外两个日本军人朝向侧方,像是在跟男女青年一同跳阿波舞。

事实上,在照片的说明中,除了"大家一起来跳吧"的文字之外,还有"松健跳着阿波走向世界""世界杯也掀热潮,主演电影德国也公映"的语句。

看到以上内容后想必有很多读者都会明白,这是与电影《战争弥撒曲》有关的场景。

这部电影讲述了在第一次世界大战中,担任德岛俘虏收容所所长的日本军人松江丰寿遵照《海牙公约》优待德军俘虏的故事。他们还与当地居民加深交流,并且俘虏们还演奏了贝多芬的《第九交响曲》。这是一部以史实为基础摄制的影片。

影片摄制发布会在东京都内的某酒店举行,为了营造气氛,相关人员表演了阿波舞。

仅就以上报道和照片来看,倒也没有什么特别的问题。很多人都会觉得那张照片记录了爽朗愉快的场面。

但是,坦率地讲,我的第一印象与大家稍有不同。

在报纸图片的正中央,赫然放大了一名旧时陆军军官举着双手狰狞大笑的形象。

当我看到那张面孔中央的大将胡须和他好色的样子时,旧时军人的骄横恣肆就在脑海中回闪。

那还是在战争时期,我只是个小学低年级的学生。我虽不曾与军官接触,但只从远处望见就对其那种不可一世的架势产生了恐惧感。

我总觉得自己一举一动都会立刻遭到呵斥并受到惩罚,因此心中惴惴不安。

而那种军官跳舞的样子,使我想起过去那些骄横的家伙喝醉后追逐女人的情景。

当然,那些事情与电影演员松平健毫无关联。他只是为了宣传电影,才以那种装扮跳舞表演而已。

但是,那张照片令我极为反感。影片内容暂且不论,那种形象使我想起那个令人不愿回忆的军人嚣张跋扈的黑暗时代。

这种反感或许与看到过去身穿纳粹军服的军官时完全相同。

现如今,在欧洲各地曾经惨遭德军镇压的民众中,仍有很多人只要看到纳粹党卫军的制服就难免会被唤起阴暗的回忆,并表现出抗拒反应。

特别是犹太人,只要看到纳粹军服就会恐惧得浑身发抖。

总而言之,拥有强权的集团制服形象最容易引起不安和恐惧心理。

当然,也有人看到这种照片后觉得毫无违和感。一些年轻人和不曾看到身穿日本陆军军官服装的人,会觉得那种装扮很酷,甚至有人向往那种军服。

但是,也有人与他们不同,绝对不愿看到那种服装。

我所认识的驻日韩国人看到这张照片时说:"我感到毛骨悚然。"

对于他们来说,日本军人就是强权的象征,是可怕的存在,是绝对不可接近的对象。

他说,从前他们在路上遇到日本军人时,不得不连续地点头哈腰,尽量不引起对方的注意,并缩手缩脚地逃跑。

虽说只是一张照片,但是在看到帝国陆军军官跳舞的样子时,有人感觉很酷,有人感觉厌恶,有人扭头不愿再看。

反应因人而异。

这种真情实感正是历史认识,皆因各自所经历的人生不同,所以对一张照片的印象也不尽相同。

在这里,任何理论和辩解都显得苍白无力。

与其相比,人们各自的真实体验才能成为判断的标准。

而且,在亚洲肯定还有无数人在看到日本帝国陆军军官的照片时,都会陷入凄暗悲苦的心境。

想到这里就能理解,小泉首相坚持去参拜靖国神社的行为,给亚洲各国的人们带来了怎样的阴影和不愉快的感受。

既然身为一国之首相,就应该更加开阔视野,以成年人的心态去思考什么才是真正的国家利益。

岁末问候信

再过不久,2005年就结束了。此时我担心的事是贺年卡还没开始准备。

而之所以还没开始准备,是因为我还没完成题写在贺年卡上的俳句。

每年我都要苦吟一首贺年俳句,迄今已坚持了近10年,所以不愿轻易收手。

我借此机会披露一下今年正月的俳句:

"为爱已憔悴,笔耕墨耘更熬累,我自迎春归。"

而前一年的俳句是:"倾觞饮屠苏,错上加错辞旧载,元旦初参拜。"

我拿自己写的俳句说事好像有些奇怪,其实就是想在向大家恭贺新春的同时报告近况,还想在俳句中加入些幽默的成分。

虽说如此,这几首俳句并不能表达全部的心情。我原本没什么作诗的才能,就是因为要求太高才搞得如此麻烦。

那么今年呢?我正在冥思苦想,却一直没有妙思佳句。苦恼之余,现在正琢磨这首:

"元夜发初梦,但见冬香死复生,菊治泣无声。"

毋庸赘言,这首俳句说的是正在报上连载的小说《爱的流刑地》的男女主人公。独立地看上去,这首俳句的完成度尚可,但这过于贴近小说而离我自己的近况太远,所以不能采用。

贺年卡本来应该在正月寄来,但我在年末的12月就收到了不少。

不过,这些都是因在服丧期间所以提前告知友人的明信片。

一般来说,这种明信片开头要写"兹因现处服丧期间,恕不致信贺岁"。然后报告"亲属某氏于某日某时与世长辞"。最后写"在此对各方的深情厚谊谨表谢意,希望明年继续友好交往"。

如果只看这些倒也大体明白,但若仔细琢磨就会感到"恕不致信贺岁"还是有点儿不明确。照字面上看是表示发信人自己暂不发信贺岁,但收信人该怎么办呢?

一般认为,由于发信人通知自己正在服丧,所以收信人也应不发贺年卡,这样比较合乎礼节。但是,这句话也可以解读为"虽然服丧者暂不发信,但并不拒绝接收贺年卡"。

总而言之,"恕不……"这个说法的限定范围稍显不明确。

如果进一步推敲,虽然服丧者说"年末年初恕不发信致意",但实际上已经发出年末明信片了。

说起各种复杂的表达方式简直没完没了,也是因为这些都已过度礼仪化,所以大家都认为只要照样去做就不会出问题。

今年我已收到超过 30 封服丧告知信,而在往年到岁末会收到近 50 封。这都是因为我的交往范围年年扩大,但同时也是因为随着我的年龄增长,周围去世的人也在增加。

当然,因为发来了告知信,所以发信人还健在,但他周围的人却陆续去世了。其中也有我所熟识的人已经去世,是其夫人或儿女发来的告知信。

无论哪种情况,服丧告知信都令人感到悲伤。

不过,有时也会收到让我觉得不必太悲伤的服丧告知信。例如信中写着:"祖母 9 月 10 日与世长辞,享年 100 岁。"

这样的内容使我感到逝者寿终正寝,好像并不会特别悲伤。

当然,即使同样是 100 岁,像"丈夫于 5 月 3 日去世,享年

100岁"这样的内容也会令人悲伤。只剩夫人一人生活想必孤独凄凉，令人不禁担忧。

另外，像"儿子于今年4月8日如盛开樱花突然凋落般英年早逝，年仅23岁"也很令人痛心。

虽然这些都是特殊情况，但说句老实话，如果不是我所熟识的本人去世，当我看到告知信时只会想"是这样啊"，并没有更强烈的感慨。

特别是还有的人会向我告知他的岳父岳母甚至堂兄表妹去世，我觉得大可不必。

而且收到服丧告知信后必须避免当年发贺年卡，等下一年再恢复信函问候，所以这种礼节要说麻烦也确实麻烦。

虽说并非以此为由，但礼节性的服丧告知信是不是也该到此为止了？或许说这话不太妥当，但总觉得像是发信人强迫对方跟自己一同服丧似的。如果无论如何都要告知的话，那就写在贺年卡上也行。

我觉得这样一来，岁末的黑框明信片也会大大减少。

不过，以下这样的内容却有必要在岁末发出。

"此次将参加南极观测队，即将出发前往南极，预计3月底回国，因此提前1个月发贺年卡恭祝新年。"

确实如此，无论怎样努力，从南极回来也不可能赶上正月了。

中老年离婚

近来,中老年离婚已成为热门话题。同名电视连续剧也保持着较高的收视率,就在前几天才播放完。

当然,在这部电视剧中,由松坂庆子扮演的妻子以相当的高龄找到了理想的工作,而由渡哲也扮演的丈夫也将远赴南美建设新的大桥。这故事编得太美好了。

而在现实当中,中老年离婚本应更加真切生动和令人疲惫不堪。

在中老年离婚的原因中,最大的问题就是生活节奏的变化。

在多数工薪族家庭里,丈夫早出晚归地去公司工作,下班回到家里只是睡觉而已。

有句广告词说得妙,"老公没病多挣钱,最好别回家"。妻子多年来已习惯了这种状态。

但是,以丈夫的退休年龄为界,原先那种生活节奏骤然改变。

迄今为止仿佛不曾存在的丈夫却突然哪儿都不去,从早到晚待在家里不动弹。而且只会在早晨、中午和晚上时说要吃饭,然后就张开嘴等着。

虽说如此,如果夫妻之间爱情依旧,妻子仍然爱着丈夫就能勉强维系感情。

但是,这种实例很少见,几乎都是妻子厌烦到了极点,已经产生了"分手"的念头。

究其原因就是两人在一起的时间太长。

一般来讲,男人和女人在一起时间太长就会发生纠葛。无论怎样情投意合的恋人,如果从早到晚待在一起,顶多一周时间就会感到窒息。何况中老年夫妻这种早已相互厌腻的男女,产生分手的念头不足为奇。

所以过度接近是分离的起因。

此外,这种中老年离婚(分居)还可以考虑另一个原因,就是丈夫与妻子体力上的差异。

女性本来就是远比男性强韧的动物。

虽然一般来说大多数人都认为男性更强,但那是因为他们头脑中总有年轻男子暴力争斗的印象。

男人确实在打斗互殴、托举重物、百米冲刺等爆发力较强的行为中胜过女性。但是,在缓慢持久的能力方面,例如长期做同一件事情的能力、慢慢等待的能力以及持久的生命力方面,女性远远胜过男性。

这里有数据为证。现在日本女性的平均寿命比男性长 7 岁。再加上男性的结婚年龄比女性平均早三四岁,两项相加就等于在婚姻中女性多活了近 10 岁。

如果以男性退休年龄为准进行对比,在丈夫 60 岁时妻子的体力仍处于 50 岁的状态,而丈夫活到 80 岁时,妻子的体力则相当于 70 岁。

这 10 年的差距确实不小。

再加上女性的性格也有所增强,所以女性逐年变强、男人逐年变弱就成了必然趋势。

这种体力上的差异在旅行时表现得最为显著,特别是远距离旅行。

例如一对中老年夫妻同去巴黎旅游,夫人会兴高采烈且喜不自胜。第一天游览完市容,当第二天夫人说想去凡尔赛宫时,老公却说在附近走走就行。而且,当夫人说晚餐去三星级餐馆时,老公却说去吃碗拉面即可。

好奇心和行动力都与体力密切相关,所以体力不足的丈夫对任何事都非常消极。另外,无论去何处丈夫都不会主动查看地图或订票,他把这些全都交给妻子去办。

如此这般,仅仅在1周左右的相伴旅行中,妻子就对丈夫失望且厌恶到了极点:"这样的旅游太费劲了,又没意思又不好玩儿。"

于是,妻子在返回日本的飞机里下定决心要跟这个人分手。这就演变成了近来流行的"成田离婚"。

以前,我在作为专题讨论员参加某次女性集会时,在背后听到了妻子们的真心话。

退休后的丈夫被俗称为"粗大的垃圾",但那不是单纯的垃圾。因为丈夫还活着,所以应该叫"粗大的生活垃圾"。

而且,虽然实质上属于"用过的废弃物",但因曾经外出工作给家里带回工资,所以应该叫"产业废弃物"。

所以丈夫们快点奋起吧!

国耻电影

我看到了不堪入目的东西!

不堪入目的东西倒不是什么交通事故现场或恶性事件之类的。

而是电影,在普通剧场上映的电影。

片名是《艺伎回忆录》。

迄今为止,我看过各种各样的电影,但如此不堪入目的电影还是头一次看到。

这部电影根据阿瑟·高登的长篇小说《Memories of a Geisha》改编而成。

而且,据说当监制人斯皮尔伯格获得改编摄制权时曾做出如此陈述:"这部作品将迷倒全世界的人。因为《艺伎回忆录》在描绘日本这一点上,不仅具有深远的文化意义,而且包含着向所有人倾诉的内容。"

胡说八道也要适可而止！

明确地讲，如果将影片中显现的日本当成真正的日本将会是对日本严重的冒犯，而且影片中并没有描写任何日本文化要素。影片不仅没有向所有人倾诉的内容，反倒让所有的人，特别是日本人感到不愉快并产生了厌恶感。

斯皮尔伯格竟然吹嘘本片将迷倒全世界的人！

本片从原作、剧本、导演、摄影到服装道具全都由美国人担任，饰演女主角的是中国演员章子怡，而花柳街当红的头牌艺伎由中国演员巩俐饰演，她的竞争对手则由马来西亚出生的杨紫琼饰演。

影片以最具日本传统和礼仪的祇园为舞台展开故事，但故事内容荒唐透顶。

我无意将日本文化刻意特殊化。但是，这样一群外国人根本无法演绎日本传统美的世界。

而且本片的基本故事情节也极为陈腐老套。

昭和年代初期，有位出生在贫穷渔村的少女——千代。她在9岁时跟姐姐佐津一起被迫离开穷困潦倒的父母，被卖到了花柳街的寄宿屋，悲剧从此开始。

但这简直是一派胡言乱语。

按照传统规矩,只有祇园的茶屋和寄宿屋自家的女儿才能当艺伎。

所以,当红艺伎应该是在这种意义来讲的出类拔萃的人物,与现如今无论出身何处只要姿色超群都可予以采用的时代并不相同。

而且,该作描述女主角是从海边贫穷的乡村被卖到这里,这恐怕是把祇园错当成了明治或大正时期某处妓院街了吧。

如果那个原作者阿瑟·高登只是在日本哪个地方小城跟艺伎稍有接触就以为自己在祇园体验过了,那我绝对不能接受。且说那套布景的设置,看上去又狭窄又憋屈,与中华街里的狭窄小巷毫无二致。

如果真想以祇园为舞台的话,那就该正儿八经地再多投入些资金,在充分了解了祇园的街容和传统规矩之后再设计建造布景。

除此之外,本片中从服装、发型到舞蹈等,全都存在失真之处。

一般来讲,祇园的井上派所表演的都是宴席乐舞,绝对不可能像本片中那样手舞足蹈,就像在跳盂兰盆舞。

除此之外,本片中的茶屋和寄宿屋也都看上去杂乱无章、污秽不堪。可是,在现实当中,祇园街上哪里会有如此又脏又乱的人家。

另外,本片中从师姐到老板娘都那么粗俗和无赖。或许这是为了突显小百合的纯真无瑕,但这种表现过于表面化,只能暴露出导演根底的浅薄。

实际上,祇园在世界上也享有盛名。摄制方想通过让人产生本片以祇园为舞台的错觉招徕观众,其企图昭然若揭。这种狡猾用心与当前社会上的造假公寓问题如出一辙。

虽说如此,这般污辱日本人和日本文化的电影作品也确实罕见。

本来好莱坞摄制的日本相关题材的影片就存在这种倾向,但《最后的武士》让我们不经意地放松了戒心。

但本片似乎巧妙地钻了这个空子。

总而言之,本片中没有丝毫对日本文化和传统习俗的热爱和尊敬之情。

本片充分体现了迎合美国人趣味的夸张排场和喧闹残忍,以及一味追求故事性的幼稚风格。

我在观影时发现,可能因为有英文字幕所以观众中有不少外国人。但日本观众却寥寥无几,而且脸上都流露出不满的神色。

尽管该片摄制方表示"希望人们将本片作为好莱坞送给

全世界的华丽绚烂的幻境来观赏",但其中唤起想象力的幻境和艺术性趣味都为零。

本片只是恣意地将日本艺伎描写得既低俗又滑稽而已。

所以本片堪称对日本的污辱,而趋之若鹜地参演并自认是大腕的日本演员的轻率也是一种国耻。

少女的洁癖

先是在广岛和枥木,然后是在宇治,几名年幼女孩相继遭遇了令人痛心的事件。

虽然各类人对发生这种事件的背景做出评论并提出对策,但我觉得在探明根本原因方面还做得不够。

为什么会发生这种针对幼女的奇异事件呢?我所考虑到的最大原因就是在男性中潜藏着接近于残暴的性欲望。

或许是因为这个话题具有过强的刺激性,所以电视台等媒体一般不会直接深入探讨。然而,男人毕竟是性能量极强的动物,而且为了满足其欲望有时会失去控制而不择手段。

无论母亲怎样认为自己的儿子可爱乖顺,仍然不应忘记在那乖顺的背后隐藏着接近于残暴的性欲望。

这种欲望最先表露爆发是在初中到高中的阶段。

在这个阶段,尽管他表面上像是在认真学习,但其实脑子里想的却是女孩的裸体和淫秽的事情,并且会瞒着父母偷看色情读物和成人录像。

他只要在词典上看到"阴道""子宫"这类词语就会性欲难耐并开始手淫,所以根本不可能潜心用功学习。

女生之所以在参加一流大学或公司的考试中能够取得超过男生的优异成绩,也许其中一个原因就是她们不会受这方面的干扰。

那么,在现实中应该怎样处置这种狂放的欲望呢?

最为直接的方法就是自慰。从某种意义上来讲,这是最为适当且简单的做法。但是,手淫过度会使人感到头脑发昏,身心状态都会受到影响。

另一种以积极的姿态消解这种过剩欲望的方式是参加体育运动。例如,加入棒球部后会被要求训练到较晚的时间,因此强烈的欲望也能得到相应的抑制。

所以从这个层面上来说,在男生性欲最高涨的15岁以后,强迫他们静坐在书桌前用功这一做法本身就是错误的。

从这个意义上讲,在日本的江户时代,每当到此年龄段,武士的孩子就要接受剑道和武道的指导,而平民的孩子则被送去当学徒,这些都是正确的做法。

那些能以这些方式宣泄情欲的男生还好,可那些无处宣泄的男生该怎么办呢?

此时最自然的方法就是找个女朋友。只要有了她,自然能够宣泄情欲。即使不发生性关系,只要有了相爱的人,就能抚慰男生的心,令其变得温顺平和。

但既没有女朋友也没有宣泄能量的场所的男生们该怎么办呢?特别是那些到了25岁上下仍没有适当工作的男生,以及有了工作也不能全身心投入的男生,他们只能郁闷地宅在家中。

这种状态与所谓自由职业者相近,但这样的男生一般都没有宣泄能量的出口。于是,这种能量转而向内,导致他们有时表现出异常的暴力,并对他人发起攻击。

他们首先会瞄准最容易攻击的对象,即家里人或年幼女孩。

虽说如此,为什么少女们会以那样惨痛的状态被置于死地呢?

当然,首要的原因毫无疑问就是犯人存在着偏执狂式的精神异常。惨案的最大原因确实就在他们身上。

但从另一个方面来讲,也许是少女们的应对方式挑起了犯人的异常状态。

在广岛和栃木发生的事件暂且不论,单就在宇治发生的事件来看,因为受害者是一名小学六年级学生,所以我的这种感觉特别强烈。

这也是因为与男性相比,女性的洁癖过重,总是十分直白地表示自己的好恶。她们不会像男性那样采用模棱两可的表达方式,而是不留情面地斩除厌恶的东西。而且,这种倾向在少女时期尤为显著。

毋庸置疑,因为儿童心智尚未成熟且知识欠缺,所以往往十分直率甚至有几分残酷地表明自己的看法,而绝对不会在这时体谅对方和把握分寸。

据报道,那个少女曾对纠缠不休、想要拘迫自己的犯人不断地叫喊:"你真讨厌!不要过来!你去死!"

我本人丝毫没有为该男子辩解的意思。但是,那男子因平时没有女性理睬而焦虑暴躁并正在寻求宣泄的对象,或许就是女童充满憎恶的目光激怒了他,因此发生了行凶杀人案。

犯人的罪行断然不可饶恕,但也不能不考虑到在激发犯人行凶的原因中还有女童决不妥协的洁癖。

当然,让小学六年级的女生对讨厌的成年男子表示善意未免强人所难,实际上也完全不可能做到。

但是,我们可能需要指导女童某些保护自身的方法——不要只是一味地表达自己的反感厌恶,遇到这种状况最好先巧妙应付几句,然后伺机逃离。

坚持是一种才能

近来,在各种各样的领域里,年轻人明显十分活跃。

我只是稍稍数了一下,例如女子方面有花样滑冰选手浅田真央、安藤美姬,乒乓球选手福原爱和高尔夫选手宫里蓝。而男子方面则有足球选手平山相太、高尔夫选手伊藤凉太、围棋选手井山裕太、将棋选手渡边明龙王等。

他们虽然年龄都在15岁到25岁之间,却已经成为世界顶级明星了。

真正堪称风华正茂、年轻有为。

看到这些年轻人成绩斐然时,很多人都会惊叹不已地说:"真了不起!"有的人还会热烈地追捧他们,说他们是天才。

确实如此,他们与普通人相比有着显著的不同之处,既是天才也是大明星。虽然我毫无吹毛求疵之意,但他们的才能本身并不像人们所热捧的那般神圣。

我说这话或许会有人觉得我故意找别扭,但其实我想说的是他们的共同特点就是从小就进入那个领域,并持之以恒地努力到了今天。实际上,据说福原爱从3岁就开始握拍打球,而宫里蓝从4岁就开始挥舞高尔夫球杆了。

她们从娃娃时代就开始训练,而并非现在才开始。

以前,在传统技艺的领域中,小孩都是从虚岁6岁开始学艺,按现在的周岁来算就是5岁。

因为从这个年龄就开始学习舞蹈和三味线,所以名伎辈出是水到渠成的事。

无论学习什么技艺,都要从幼年开始进行正规而系统的训练,这是达到技艺高峰的绝对条件。

年少时期,特别是幼儿时期,人的身体潜能最大,头脑理解力最强。这种条件不仅上述名人巨星拥有,一般人也都具备。

从这个意义上讲,年少时期的身体能力并非只有某些特定人物具备,而是所有少年都平等地拥有这种才能。

对于这一点,我以前在"整肢疗护园"里当医师时就有切实体会。

那里收治患有小儿麻痹等各种障碍的儿童,在对他们进行治疗的同时还要指导他们学习。简单地讲,这是一所将幼儿园、小学与康复治疗功能融为一体的设施。

在这里,有个双手几乎完全失去功能的小学二年级男孩。

他会怎样自主用餐呢?我饶有兴趣地进行了观察,只见他先把小勺咬在嘴上,然后舀起饭菜并送进嘴里。

然后,在面包端上桌时,他突然放开了小勺,把脚尖伸向摆着面包的碟子,用脚趾轻轻抓起,接着把腿向内一弯,瞬间就把面包送到了嘴边。

"真厉害……"

我既惊讶又感动。

不管肢体柔韧性有多么好,这个动作都不是可以那么容易做到的。不过,对于那个孩子来说,这无疑是为了生存而必须学习的特技。

他的双手都已完全失去功能,所以为了生存只能使用双脚。这种绝对必要性赋予了他下肢超常的能力,使他自主用餐变为可能。

在前几天举行的花样滑冰大赛中,真央做出了用单手将单脚冰刀刃拉过头顶的"贝尔曼旋转"。当时解说员说全世界只有真央能够完成这个动作。

但是,我在那个瞬间却想起了用脚趾抓起面包来吃的少年。

我想说:"不只是真央可以做到哦!还有人能弯腿把脚尖伸到嘴边,甚至有人还能把脚盘在后脖颈呢!"

如果真央的绝技是世界第一的话,那么那个少年的绝技也是世界第一。不过,真央是健全的人,而那个少年是残疾人,仅此不同而已。

我并非因此想说真央的特技没什么了不起。

而是想说,任何人如果从小开始专心致志地做某一件事,那他就能获得巨大的成功。总而言之,如果想让孩子有所专长,那就要尽早从娃娃时期抓起。

这一点在体育方面自不必说,在歌舞音乐方面也不例外。

但是这里有个问题,怎样才能让孩子不产生厌学心理并持之以恒呢?是否具备这种坚持下去的能力将决定日后取得的成果的大小。

毋庸置疑,儿童虽然好奇心旺盛,但也很容易注意力不集中,而且容易产生厌烦心理。很多人会在练习技艺的过程中产生厌烦情绪,进而抗拒家长,从而导致半途而废,结果变成凡人一个。

但是,我看到的那个残疾儿童一旦厌烦并拒绝练习,立刻就无法吃饭,从而难以生存下去,因此他必须拼命努力。

所以文章开头提到的名人巨星也并非具备优于常人的体能和智能。

其实更重要的是,他们从幼年就开始练习某项技能,而且能够学而不厌甚至乐在其中,并且能做到持之以恒。这种学而不厌的精神,才是促使他们年少成才的真正原因。

心脏移植纳入社保

从今往后,心脏移植手术也将纳入社保适用范围了。

根据厚生劳动省披露,日前召开的中央社会保险医疗协议会决定,心脏移植、脑死亡肺移植、脑死亡肝移植、胰脏移植这四项手术治疗最早将从今年4月份开始纳入公费医疗保险的适用范围。

我曾在札幌医科大学亲历过和田心脏移植手术,后因对相关情况提出批评意见而难以容身,不久就辞职离开了,所以此时我感慨万千。

日本的心脏移植手术也终于走到了这一步!

我由此想到了很多很多……

以前,心脏移植、脑死亡肝移植等手术都不能在日本进行,因此需要做这类手术的患者几乎都被送到美国等外国去做。

但是这样一来,日本人在外国接受手术就不能适用于保险,而且除治疗费以外还需路费和住宿费等。因此整个手术过程的费用数额巨大,有人说需要5000万乃至7000万日元。特别是由于在日本不允许15岁以下的少年提供器官,所以患病的小孩只能去外国做手术。因此,在日本多数情况下都要发起募捐,请求民间人士捐资援助。

日本虽然起步较晚,但在1997年已开始实施《器官移植法》,相关手术也被允许在国内进行了。然而,真正进行的手术案例却极为少见。

实际上,迄今为止在日本进行的心脏移植手术只有29例,脑死亡肝移植也只有30例。

首先,第一个原因就是所谓器官提供者极少。另外,个人负担的社保外手术费还需要300万日元。这些都是实施手术的巨大障碍。

此类器官移植手术实例之少,只要与外国比较就能看得十分清楚。

心脏移植手术在1998年之前为0例,到了1999年为3例。其后一直持续每年5到6例的状态。

与日本相比,美国从1982年开始就超过了100例。从

1990年以后，每年都在2000例到2300例之间徘徊。也就是说，美国的器官移植案例已达到日本的近500倍。

实际上，我曾在1980年去美国考察过脑死亡器官移植的现状。

在加州大学洛杉矶分校医疗中心布斯蒂尔教授那里，每天都在实施脑死亡肝移植手术，而且已经成了极为常见的手术之一。在那里做过手术的患者露出腹部V字形术后疤痕开心地说："手术费全额保险，个人缴纳的只有20美元哦。"

那么在医疗水平并不逊于美国的日本，器官移植手术为什么如此少之又少呢？

最主要的原因就是前文所讲——器官提供者即所谓"供者"极度缺少。

当然，在日本也有所谓的志愿捐献器官登记卡，也有人填写相关信息，表明愿意在遭遇交通事故时待确认脑死亡后提供器官。

但是，问题在于此后的实际操作。

在日本，即便提供者本人同意，也还要尊重家属的意愿。在这种时候，几乎所有的患者家属都会表示反对。

虽说患者看似还活着，但也只是依靠人工呼吸机勉强维持，可家属依然不轻易松口。总而言之，就是他们没能恰如其分地理解脑死亡状态。

此外,移植手术将伤及自己亲属的身体,比如摘取他们的心脏或肝脏,这令家属感到极端痛苦。在这种心态的背景中,似乎还存在着特别看重遗体的日本社会与看重精神胜于遗体的基督教社会的差异。

除此之外,最大的问题就是缺乏博爱精神或者说是志愿者精神。这是不争的事实。

心脏移植等手术在日本难以展开,还有一个原因就是协调和推进这项活动的人太少。

假定目前出现了因交通事故而脑死亡的患者,那么这时向其家属建议提供器官捐献并进行简明扼要的说明,就是协调人的职责。

除此之外,积极推动这个进程的急救医师也很少。

此次推出的社保新政虽然规定也适用于脑死亡判定以及判定后患者的管理,但还需充分加大器官移植手术幕后环节的透明度。

尽管如此,在目前阶段登录器官移植相关网络就会发现等待心脏移植的患者已达80名以上,而每年却只有五六名患者能够得到手术机会,确实是少之又少。

由于这个原因,等待器官移植的日本患者的希望被压至世界最低，终因不能遇到合适的器官提供者抱憾而终。

　　为了尽量减少这种悲剧发生，政府和媒体都应借此机会再次大声呼吁器官捐献并推进提供者登记工作。如不大力推进这种基础层面的活动，难得出台的社保新政也会得不到落实，最终将变为一纸空文。

有知识却无理智

近来,报纸也好电视也好,全都是清一色关于崛江贵文的报道。虽然警方对其公司进行的强行搜查已经过了两周,但相关报道却依然稳居头版头条。

而且,报道内容也从最初的做假决算书和假账,扩大到了崛江贵文等人的观念和生活方式等社会性问题。

因此,我想对以崛江贵文为首的青年经营家的现状稍做分析和思考。

崛江贵文有很多语录,其中引起热议的一句是"只要有钱什么都能买"。

他这句话说得相当精准。

现如今确实只要有钱几乎什么东西都能买到。

比如,崛江贵文用金钱的力量吸引了相当多的美女,而且他也得到了一些忠诚的部下。

不过,这里有一点万万不能搞错,虽然世间万物十有八九都能用钱买到,但还是有一成到两成的东西是用钱买不到的。

比如真正意义上的人心和爱情等,这些都是用金钱难以买到的东西。

另外,有人认为"凡事法无禁止即可行",这种想法从理论上讲是正确的。事实上不违法的事情确实十有八九都是可以做的,但对于剩下的那一两成应不应该做,就要靠个人的才智、教养和理智来判断了。

这里所谓的理智就是头脑的智能作用。但是,这个词还有个狭义概念,那就是指整理感性素材并统一为认知的精神功能。

据我观察,崛江贵文正是缺乏这种将知识信息归纳为认知和概念的能力,所以,他的思想不能从知识的层面得到进一步升华,这就是他发生悲剧的根由。

如果他不是那样顺风顺水赚得盆满钵盈的话,或许现在会作为创业成功的青年企业家得到众人的高度评价和爱戴。

然而,他在20多岁时就一不留神变成了腰缠万贯的巨富,而财大气粗的他从此就不再甘当一位纯粹的商人了。

那些钱是怎么得到的?打算用在哪些地方?这些问题一

个个接踵而来,在拷问着他本人的理智的同时,也吸着周围的人的关注。

显然,崛江贵文有知识却无理智,进而直接导致了他的悲剧。

不过,仔细想来,这也是多数年轻人的共同特性。

但多数年轻人却不会发生太大的问题,原因就是他们手中没有巨额资金,所以不会暴露自己缺乏理智的弱点。

由此可见,年纪轻轻就拥有巨额财富是件可怕的事情。虽说没有钱也很痛苦,但钱太多则更可怕。

尽管如此,所有的人还是在为赚钱而日夜拼命工作。

不过人们在工作的过程中,渐渐地了解了周围的人、了解了自己、了解了赚钱的艰辛,因此慢慢拥有了理智。

而如果尚未体验这个过程就一举拥有了巨额财富,那么等待他的就将是崛江贵文式的悲剧。

年轻时暴富的欢喜和失去这一切的恐惧,崛江贵文都切身体验过了。

从今往后,他会以什么为目标而生存下去呢?

既然不知道答案,那就希望他在狱中多少读点儿书来感受一下不同的世界吧。

所谓女士优先

最近,一位从法国和意大利旅游归来的女性——看上去不到50岁的漂亮大妈,兴高采烈地说:"这趟旅行真棒啊!感觉就像做梦似的!"

我以为她是因为去巴黎、罗马、那不勒斯游览之后激动万分,其实不然。她说是因为她在那边的酒店、餐馆、街角等处常常遇到当地男子,是他们的帅气以及温和的态度令她陶醉不已。

据她说,他们会微笑着走近向她打招呼,并夸奖她"好漂亮",有时还会向她抛媚眼。

换句话说,她感到自己在那边特别招人爱,就像回到了年轻时代。

她说的话毋庸置疑。即使有些女性没有她那么漂亮,去意大利或法国旅行归来后也都会心情舒畅。

欧洲国家的男人们大多数都开朗活泼,他们认为向女性说恭维话是男人的义务。

与此相反,日本的男人特别是年龄大的男性总体来讲都很古板,听到这类话时就会泼冷水:"一个大男人怎么那么油嘴滑舌……"

我也同样是个大叔,所以十分理解大叔们的心情。

不管怎么说,在日本这个国度,男人以不苟言笑为美德。以前还曾流行过一句广告词:"不语的男人只喝札幌啤酒。"

日本就是这样仍有武士精神残余的国度,所以男性们不善于向女性说恭维话。不,有的大叔倒是会对年轻女子甜言蜜语,可面对中年以上的女性却极为冷淡。还有些男人好像觉得笑一笑会有失尊严,于是就永远装出一副口嚼黄连的样子。

然而,现如今已是国际化时代,如果依旧不苟言笑的话,只会被人当成傻瓜。

这时我又想起很久以前我曾与一位从英国回来的女子打过交道。

她虽然已经回到日本,可此前是在女士优先的坏境中长大的。

我在与她一起乘电梯时要让她先进,到餐厅时先要帮她脱掉大衣,入席时要拉开椅子让她坐上席,离开时必须再帮她穿上大衣。

这时,我感到有点儿累,正在发呆时,她突然开口发问:"渡边,你是不是把我当成小姑娘了?"

由于她判断得基本准确,所以我只能含糊回答:"嗯……"于是,她开始对我进行说教。

"那个……所谓女士优先并不是根据对方的人品和容貌来行动的。在英国,男孩从小就受到这方面的教育,只要见到女性就要这样做。所以,你别想太多,轻松自然就好。"

说老实话,我对她的说教心悦诚服,或者说在那一刻我才恍然大悟。所谓女士优先,不必先考虑面前的女性是成年女士还是小姑娘,只要是女性就要按惯例行事。

总而言之,没有必要深度思考,只要见到女性就应该这样做。

当然,有时会看到不像女性的女子,这种情况确实令人茫然失措。

但是,仔细想想,这种不必过度思虑对方的人格和立场就直接行动的文化,在日本可以说几乎从未扎根。

在大多数场合中,人们首先会考虑到对方是什么人、什么立场,然后再采取相应的行动。而且,这普遍被认为是严肃而诚实的正派行为方式。

但是,在这样的环境中,根本不可能向过路的女性轻松地打招呼并夸赞对方年轻漂亮。

在日本如果说出这样的话,立刻就会被斥为轻浮。

但是,有时这种"轻浮"却可以作为社交的润滑剂使人心情舒畅。从这一点来讲倒也不坏。

不过,在日本也有一处潇洒开放的街区。

那就是京都的祇园街。

在这里的茶屋玩乐之后,老板娘和艺伎们都会聚拢到院门口齐声说道:"十分感谢!欢迎下次再来!谢谢!"

如此盛情热烈的欢送场面令我受宠若惊,心中半是欢喜半是难为情。走出二三十米回头再看,她们居然还在继续道谢。

她们为什么能够那般郑重其事且不停地鞠躬道谢呢?

这时我突然想到,她们恐怕根本没把顾客那么当回事。这与西方的女士优先同样,正因为没太走心,所以才能做到那般爽快大方地不断行礼致谢。

我并非在说祇园的坏话,而是想表明在日本也许只有在那里才能培育出堪比欧洲的最为潇洒超脱的文化。

男宠大奥不存在

在东京都东大和市的民宅里,有个男子与11名女子同住。

该男子已因胁迫嫌疑被逮捕。他为什么能够与11名女子共同生活呢?我对此感到相当不可思议并且怀有浓厚的兴趣。

相关的各种报道称,那个名叫涩谷的男子会使用各种手段接近女性。例如他会谎称"我能看见别人看不见的东西""这里有恶灵,我能帮你驱除""我能用特异功能驱除连现代医学都无法驱除的东西"等。

另外,据说他能制作散发体味的药物,喝了它就能吸引女人。而且他会念调情咒语,能叫女人不离开他。

他向女人搭讪并将女人巧妙引诱过来之后,先把对方关进二楼的黑房间里。然后,他自己身裹黑斗篷、头戴只露眼睛的帽子,把光线打在紫绒布上的水晶球表面,之后他会向那些女性发出暗示:"你身边将发生可怕的事情,我来帮你消除。"据说,他还会施催眠术。但是,只要冷静地想想就能立刻看穿,这一切都是骗人的花招。

大家在听说这次事件之后,一定都会想起曾经发生过的"耶稣方舟"事件。

在那起事件中也是有20多名女性跟一个大叔同住,但不管怎么说那也还算是以宗教为中心聚集的团体。

然而,这次事件却感觉像是以那个所谓会念咒语的男人为中心的家族式聚集。而且,对于该男子来讲,那里就是由他随意操控众多年轻女性的大奥[①]。

而且该男子相当有计谋,他与聚集在身边的每个女性轮流结婚再离婚,营造出给予她们同等待遇的假象。

如果差别对待这些女性的话,因为女性独占欲很强,有可能会引起骚乱,那么这个集体无疑也将立刻崩溃。

但是,该男子似乎运用了消解大家心中苦恼的套路,通过让这些女性共享自己的方式,巧妙地对女子们实施了心灵控制术。

那么发生这种事件的原因何在呢?而且那些女性为什么

---

①大奥:江户城内的将军夫人及妾的住处。

会那么简单地被威胁和诱惑呢？除此之外,她们又是怎么被咒语和心灵控制术欺骗的呢？

我在此想到一个原因,或许是因为女性都爱相信神佛感应和算命。

例如,我曾在街头见过看相算命的摊前排长队的场景,那些虔心诚意听讲解的人几乎都是女性。喜欢相宅看运势且非常在意家居的方位和吉日良辰的也多为女性。

此外,每天早上各民营电视台播放的星座运势排行也都是为常看生活综艺节目的女性而准备的。

而与此相比,男性中几乎无人热衷于占卜运势。

他们在街头看到算命先生也都是匆匆走过,觉得花钱看手相还不如用钱来买酒喝。

事实上,我也从未让算命先生看过相,更不会相信占卜运势。

不过,在我小时候,有一次母亲告诉我:"你长了一副命犯桃花的面相,一定要当心！"虽然在实际当中真的发生过与此相近的事情,但那都是我自己做事任性招致的结果,所以直至今日我仍不认为是看相看得准。

那么,为什么女性如此相信看相算命和神佛感应呢？

据我分析,可能是因为女性的一生,比起个人奋斗创业还是受男性伴侣左右的成分较多。再加上女性缺乏自信和决断能力,所以更倾向于依靠他人来做决定。

不过,因为近年来自立的女性越来越多,所以我认为她们也该从看相占卜中解脱出来了。

一般来讲,男人属于逻辑性相当强的生物,而与此相反,女性则是感性极强的生物。

而且,女性会从这种感性较强的特点中产生出特有的心态,由此能够做到深爱某一个男人。

这样看来,女性以感性为主的认知方式倒也无可厚非。

虽说如此,但为什么总是出现这种"一男多女"的组合呢?

其实在现实生活中也有很多男性与她们一样,内心怀有各种焦虑和烦恼,对生存失去了自信。虽然如此,但迄今为止并未出现"一女多男"的组合。

这似乎与男性生性好斗以及时刻强调自我的权利不无关联。

实际上,即使出现了1女11男的组合,男人们恐怕也会立刻激烈争斗以击退对手,直到最后只剩一个人。因此根本不可能出现11个男人和和气气地围绕在1个女人身边的情景。

通过此次事件,我再次意识到一个永恒的真理,那就是男人和女人是完全不同的两种生物。

为什么当作家

《周刊新潮》迎来了创刊50周年。在这半个世纪中,发生了各种各样的事情,而我自己也拥有了很多深刻的回忆。

其中有一段关于《周刊新潮》的难忘往事。

昭和43年(1968年)8月,在我当时工作的札幌医科大学附属医院,实施了日本首例心脏移植手术,主刀医师是本院胸外科的和田寿郎教授。

当我听到这个消息时,我对在自己的大学里能够实施全球仅20多例的划时代的大手术感到特别惊讶,同时也感到兴奋不已。

其实,在那之前,我所在的整形外科的研究室就与胸外科的研究室是对门。我在夜里经过时,常常看到那里伏着装有人工心肺机的实验犬,它们是用来做心脏移植手术实验的。

另外,我们整形外科团队也曾与和田教授共同完成过脊椎骨疡手术。他们胸外科团队负责开胸并拨开肺脏的手术,然后由我们整形外科实施打开脊椎的手术。

那时,和田教授展示了他在美国留学时锻炼出的超群技艺,他实施的手术的出血量和时间都比其他医师少一半以上,确实堪称技艺精湛。

也是由于这个缘故,和田教授在做心脏移植手术时也相信自己以完美的技艺完成了手术。

但是,在调查移植手术的实际状况时,大家对脑死亡判定产生了疑问。

最开始校内有些人在私下讨论这一问题,后来媒体也开始发出质疑的声音。

因为跟和田教授关系比较亲近,我曾与住在病房的患者宫崎信夫直接交谈过此事,后来还在《朝日新闻》等媒体上与移植反对派争论过。

但是,随着多方调查的深入,大家慢慢发现在器官提供者的脑死亡判定上确实存在问题。于是,我对那台手术也心怀疑问了。

正在这时,《周刊新潮》的编辑M前来寻访。

因为事实上有报道称,在小樽市附近海岸溺水的被判定为脑死亡的器官提供者曾一度苏醒,所以编辑M想从疑似伪造脑死亡的角度写一篇报道。

当然,我在接受他的采访时阐述了个人的疑问点,但在看了登在杂志上的报道后我大吃一惊。

首先,我的原话是"和田教授的做法相当具有美国风格,很大胆",而这句话在报道中却变成了"和田安排得十分巧妙且高明,他如今的名望是建立在牺牲数名患者的基础上"。

我没有及时确认那篇报道的最终稿,这是我的失策。但是,那篇报道故意把"教授"这一敬称去掉,而且刻意强调了批评的部分,这完全歪曲了我的观点。

说实话,和田教授是我大学时代的胸外科老师,还是手术室的主任。我作为一名刚当上讲师的晚辈,如果在采访中敢不用敬称且批评他的手术,别说胸外科,就连手术室都不能再去了。

实际上,此后不久,主管我的教授就读到这篇报道并严厉斥责我说:"你不可以轻率地透露校内的事情!"

我因此难以在医科大学附属医院待下去了。

我在这个事件发生两个月之后的10月份被派驻到地方医院工作,过了新年返回原单位后我依然感觉很不自在,终于在第二年的3月我决定辞职离开。

当我说要辞职时,母亲哭着表示反对并责问:"你好不容易做到现在,如果辞了职,以后打算怎么办?"

因为在此之前我曾两次作为直木文学奖和芥川文学奖的候选人,于是我回答说:"我要去东京写小说!"母亲哀求我说:"求求你千万别去做那种伺候人的活计!"

我根本不认为写小说是什么伺候人的活计,但是来到东京后,我发现写小说既没有稳定的收入还得经常熬夜,所以确实曾经感到这未必不是一种伺候人的活计。

不管怎样,我凭着35岁时充沛的精力,咬紧牙关投入了靠一支笔杆养家的生活。但我当时确实感到自己有些操之过急,而且相当后悔过。

幸运的是第二年夏天我就获得了直木奖,从那以后总算勉强维持创作直至今日。

因此可以说,如果那时没能痛下决心的话,我可能不会成为作家。

虽然我不是什么宿命论者,但是如果那一年我所在的医院没有发生心脏移植手术事件,如果没有《周刊新潮》的M单方面歪曲报道使我难以在医院容身的话,我现在或许还在札幌安稳地当着医师。

现如今已经当了领导的M似乎也想到了这一点,他心情愉快地说:"先生当了作家可是托了我的福哟!"

从某个意义上讲这倒也是事实,但我依然不能认可他那种以恩人自居的说法。

如果把那句话改成"先生当了作家都是托了有深厚历史的《周刊新潮》的福",我倒可能会欣然接受。

春天已不遥远

漫长的报纸连载小说终于完结,我要去夏威夷修养身心。

因为我想离开严寒的日本,到常夏之地过一段悠闲轻松的日子。

但是,当我满怀期待地去了夏威夷,却发现那里意外地凉爽。

虽说夏威夷白天的气温可以升到二十四五度,但太阳一落山气温就回落为十五六度。如果刮起风来更感觉凉飕飕的,需要穿长袖衫。

当地人对我说:"如果日本特别冷的话,那夏威夷现在就是有点儿冷。"不知是不是南下的西伯利亚寒潮乘着偏西风影响了夏威夷。

夏威夷这个地方如今已经拥挤不堪,首府火奴鲁鲁的酒店和高尔夫球场也都人满为患。

或许有人会认为这是由于很多人从寒冷的日本逃到夏威夷来了,但其实不然。

据说,夏威夷人满为患的原因是来自美国本土的游客过多。

在这里,美国人确实比日本人多,好像是因为去年夏季的飓风重创了美国的佛罗里达等观光胜地。

由于这些原因,火奴鲁鲁的餐馆处处人满为患。

我选择前往在当地也颇有名气的高级牛排料理店用餐。这里是古典式建筑,气氛很不错。肉食全都在后边的大烤窑里用炭火烤制,看上去很美味。

此时店内也是座无虚席,提前上来的各种凉菜都很美味。

最后我终于等来了该店的主打菜品,可放进嘴里一嚼却觉得真是太难吃了。

日本的牛排肥瘦比例恰到好处,而且软嫩可口。可这里的牛排就像红肉块,令我略感失望。不过这里的美国人却都在大快朵颐,似乎嚼得很香。

我在去夏威夷之前,先去热海待过一天。

虽说已经过了立春,但热海依然相当寒冷。

无可奈何,我只好泡在旅馆的飞瀑温泉里眺望海面。但海面看上去也显得冷冰冰的,离"碧海春波荡和风"相差甚远。

虽然我想春天还很遥远,却又发现对春天使用"遥远"一词不太相称。与此相比,倒是像"春天已不遥远"这种表达用法较多。

因为春天好像总是姗姗来迟,所以人们都很反感"遥远"这个词与之搭配吧。

反之,如果把"不遥远"与"冬天"搭配,例如说成"冬天已不遥远"的话,则会令大家反感。

总而言之,多数人都不会喜欢冬季和寒冷的天气,这是毋庸置疑的事实。

尽管如此,冬天依然寒冷,且春天依然遥远。那么,有没有表达这种焦躁感的话语呢?

此时我想到的是"冬寒未尽春意浅"这样的诗句,这句诗确实能够明确地表达虽然天气依然寒冷却已有浅淡春意的感觉。

不过,那天的热海却连浅淡的春意都感觉不到。

尽管如此,但既然来了,总得去热海的梅园看看。

梅园于明治19年(1886年)开园,据说包括百年树龄的古梅在内总共栽种了730株梅树。不过,今年花期好像比常年迟一个月,树上几乎没什么花,只有一部分枝头缀着少许花蕾。连梅园里的梅花都不开放确实令人苦恼,可预定的活动仍不能中止。因此,园内照例举行了大正琴演奏会,但驻足聆听的人寥寥无几。

由于这个缘故,我放弃了欣赏梅花。不过在穿行于梅树之间时我又想起了"赏梅宜观枝"的说法。

这句话的意思是赏梅时要看花更要看枝。如果花朵尚未绽开,枝干的形状会更加凸显美感。

在寒冬的天空下,梅树向左右伸展着黝黑遒劲的枝干,枝干曲折有致且节瘤星布,特别耐看。在凝视之间,能够感受到在大地上深深扎根的梅树的坚定意志。

这时,我又想起"以梅为正妻"的俗语。

其实,这是我随意编造的语句。

看到这句话,可能很多妻子会反驳:"你说什么?妻子是弯弯曲曲的木头?还是说我们长了瘤子,看上去死沉死沉的?"

不,我这句话的本意其实是妻子就像梅树般坚实可靠。

而且用梅花做插花也显得特别圣洁高雅,装饰在壁龛中极具观赏性。哪怕只是一枝独秀,其凛然清气亦可营造出张力十足的气场。

与梅花相比,樱花的形象更接近于情人。

此时也可能有人会反驳我说:"樱花怎么就成了情人呢?"

因为我觉得樱花往往拼尽全身之力纵情怒放,且盛装出场极显华丽。此外,樱花还过度招摇,不知含蓄收敛。

由于这个缘故,插花时几乎不会使用樱花。因为她与别的花卉组合起来总显得过分张扬,从而破坏了整体的协调性。

如此这般,可以说"妻子为梅,情人为樱"吧。但是,眼下梅花和樱花都未到竞相绽放的时候。

因此,春意尚浅的现在暂且不必争论梅花和樱花孰美孰雅。

但春天已不遥远却是不争的事实。

政治孩童

　　崛江贵文发邮件指示向自民党干事长武部的次子送钱一事，引得社会一片哗然。

　　而眼下这已成为彻头彻尾的虚假消息，随后永田议员跑进了医院，而党代表前原则反复强调此事可信度很高。

　　关于这起事件，民主党的失态在任何人看来都是显而易见的。不过，我在此次事件中所关注的是那些搅事的男人们的面目。

　　首先就是问题人物永田议员。

　　此君从很早以前就因情绪易于激动而广受瞩目。

　　他有时在电视直播的全体大会上哭哭啼啼，有时在外务委员会席间玩折纸，貌似是做事专心致志的类型。

　　如果称之为纯真或专一倒是很动听，但真相却只是单纯而已。

此君不善于根据周围的状况采取相应的行动。总而言之，可以说此君完全不懂TPO（礼仪）的各种要求，毫不掩饰地暴露出孩童性格。

对于此次问题邮件事件，他好像刚一看到就猛扑上去。但是，炒作那方面的消息在杂志编辑部是常有的事，任何人看到都会先质疑其可信性。

然而，此君并未经过深思熟虑就将假爆料直接带进了国会现场。这简直太轻率浅薄了。

此君曾在其他场合表示"人并非要相信真实，而是要相信自己愿意相信的东西"，但这种事又不是什么新兴宗教，虽说愿意相信什么是个人的自由，但也该事先求证消息的真实性，且必须具备辨别真伪的眼光。

从此君的经历来看，他毕业于东京大学工学部，之后成为大藏省官员。但据我观察推测，他或许只是单纯地在读书学习方面优秀继而走上仕途而已。尽管他作为东京大学的精英备受社会吹捧，却一直与世隔绝未曾在社会基层摔打闯荡，这也许就是养成其孩童性格的根本原因。

总而言之，能够发现民主党中也有"孩童"，或许就是此次事件的收获。

而说到前原代表,此君也是一旦认了死理就一条道走到黑的人物。

当几乎所有人都已明白那是捏造的虚假邮件时,他依旧断言"有确凿证据"。而且,他在党首电视讨论的前一天还像发布电影预告似的说:"敬请期待明天。"可是,他在第二天的电视讨论会上却并没有满足观众的任何期待。

后来,他高喊了一句"要求行使国政调查权",却不愿暴露自己在虚假邮件方面的问题。

他这个样子简直就像只会任性撒娇的少爷,仿佛总是哭闹着说"我要点心"。但必须记住的是,如果想要"点心",停止哭闹是先决条件。

由此可见民主党处理信息时是何等粗枝大叶!可能是因为他们在与政权渐行渐远的过程中,只是一味地考虑怎样攻击对方,而保护自己的能力却变得越来越弱了吧。

民主党连识破那种虚假邮件的能力都没有,要是真的夺取了政权,后果简直不堪设想。

如果仔细观察前原代表和永田议员就会发现,这两人的共同特点就是眼睛清澈透亮。

不过,千万不要误解,我在此并不是想要夸奖他们。

一般来讲,男人到了四五十岁,眼睛自然会变得浑浊。

因为人活到那么大年纪,眼睛会受到世俗的污染,于是就会渐渐变得浑浊,而目光也会变得充满故事般深邃。随着年纪越来越大,眼睛就会慢慢变得睁不开,这就是尝尽人生辛酸的目光。换句话说,眼睛变浑浊的过程也是成长的过程。与此同时,狡黠和顽固不化也会逐渐炼成。

不管怎么说,这些都是与其他人直接并对等地交锋所带来的结果,也是自然而然掌握的智慧。

从古至今,日本对始终如一且纯粹清澈的精神和事物给予了超越其本质的高度评价。这在武士精神等文化中都能看到,并且人们深信那就是男人最高的素质修养。

不过,那都是通常所说的冲锋陷阵的战斗团体才需要的精神,而只过普通市井生活的百姓并不需要。与那种始终如一的精神相比,注意观察别人、充分了解自己、能够对状况做出准确判断的成熟眼光更具有实用价值。

这里所需要的正是不屈不挠的浑浊的眼睛。

如果没有这种眼睛,根本不可能与国内外的政治家正面交锋。

那么,民主党内哪个男人具备那种不屈不挠的浑浊的眼睛呢?我发现小泽一郎有这种潜质。他能否在今后的政治交锋中充分发挥其能力呢?请我们一起拭目以待。

老公在家综合征

以下是我听某年长女性 T 讲的事情。

她从前一直喜欢跳舞,白天都要去舞蹈班练习。但是,她说有位女舞友最近不来舞蹈班了。

那位女舞友是 C,她今年 58 岁了。

C 以前开朗快乐,但从几个月前开始总说自己身体不适,常常头晕,觉得头很重,还经常睡不着觉,于是她再也不来舞蹈班了。

这时,特别担心她的 T 就向 C 家里打电话询问,C 说那些症状一直没有好转。

经诊断,大夫说她得了"美尼尔氏综合征"。

随后,她拿了医生开的药回到家中静养,可症状却越来越重。她的血压居高不下,甚至经常出现恶心的症状。

于是,她又去另一所大医院,医生建议她去看心理诊疗科,在那里她终于搞清了病名。原来她得的病是"老公在家综合征"。

T难以置信地对我说:"居然有这种病啊!"其实,我也从未听说过这个病名。在三四十年前我当医师时还没有这个病名。

既然如此,那就是说这是近些年来才出现的疾病吧。

一般来说,病名都是根据症状或病因确定的。

例如,抑郁症、狂躁症、高血压等,都是根据其症状或检查结果来命名的。

与此相对,也有根据引起该症状的原因来命名的,像胃溃疡、肺炎等即属此类。而那位太太的"老公在家综合征"也是这样。

事实上,C的老公在半年前就到了退休年龄,此后他一直宅在家里。据我推测,C的老公在退休之前肯定每日早出晚归,白天都不在家。但是,其老公在退休后却每天都宅在家里,这恐怕给身为太太的C带来了巨大的精神压力。

这也确实有一定的道理,如果老公整天在家,早中晚三餐太太都得准备。而且,如太太有事外出,老公就会问:"你去哪儿?几点回来?"所以,太太即便出了门,心里也会七上八下。

所以，C不再去舞蹈班，可能就是因为老公在家不方便出门，久而久之就发展成精神压力，致使焦虑情绪日益严重。

总而言之，病因就是老公退休导致生活环境发生巨大的变化。尽管如此，这个病名不免令人感到老公有点儿可怜，而且这对老公来说或许有点太残酷了。

倘若实际状况确如病名所示，那又该怎样医治这种病症呢？

由于医治疾病的根本在于去除病因，所以医治方法就是改变"老公在家"的状态。

明白地讲就是把老公赶出家门，不让他总是宅在家里。这是效果最佳的治疗方法。

但是，又该如何向老公说出这种话呢？

"你宅在家里是我生病的原因，所以你能不能离开家？"

这种话一旦说出，恐怕老公立刻会勃然大怒吧。

"怎么？你嫌我碍事儿了吗？"

所以那该怎么办呢？

因为治疗这种病的要点是缩短老公宅在家里的时间，所以首先应该尽力让他多外出。但是，老公已经退休，基本上没有什么需要外出办理的事情，而且一出门总得花钱。

因此如果难以做到这一点，那就只有两种办法，要么需要妻子尽量无视老公的存在,要么就是让老公将自己变得毫无存在感。

话虽如此,但老公就在自己的身边,太太根本没办法无视其存在。而要求老公将其存在感降低为零则更是难上加难。

除此之外,还能想到的办法就是分居了。但是,从未独立生活过的老公能轻易答应吗?就算老公答应了,但如果真的各过各的只会徒增生活费。

排除各种方法,最后就只剩离婚这一个选择了。离婚似乎真能治好"老公在家综合征",但夫妻共同生活了这么多年,一拍两散实在令人惋惜。

虽说如此,但从今往后走上这条路的夫妻或许会越来越多。

不管怎样,要想预防这种"老公在家综合征",就需要老公在退休前多多待在家里,这样一旦退休就可以弱化这种反差。

另外,老公应该从年轻时起就培养自己不依赖妻子而独立生活的能力。

但话说回来,这种靠打针吃药都难以见效的综合征确实是最难治疗的。

靠数据看病

今年2月发生了一起事件,在埼玉县居住的某女性由于医师失误被摘除了甲状腺。

究竟为什么会发生这种事情?我想追溯一下原因。

发生此次事件的地点,是位于埼玉县毛吕山町的埼玉医科大学附属医院。

那位患者A(69岁)曾于去年12月因甲状腺功能减退接受过甲状腺细胞学检查。

但是,当天还有个甲状腺癌患者B(70岁)也接受了同样的检查。

当时,检验师拿错了那两个人的病检标本,因此错贴了她们的名字标签。

由于这个原因，A被诊断为癌症，并在2月接受了甲状腺摘除手术。但术后未能找到癌变组织，于是才知道当时的检验师拿错了病检标本。

医院方面在发现失误之后，派副院长前往A的住所道歉，并提交了医疗事故报告书。

此外，医院横手院长还公开发表致歉："对于本院给患者和家属带来的肉体及精神方面的痛苦深表歉意。"

正如横手院长所讲，患者被误切了正常的甲状腺，其所承受的巨大痛苦难以想象。

患者遭受如此巨大的痛苦，而医院方面只说了一句"深表歉意"的客套话就可以了吗？虽然还要看患者方面是否有相应的要求，但院方也该考虑在金钱方面予以赔偿。

除此之外，院方还要制定对策以防止今后再次发生此类失误。

埼玉县当局和医疗事故调查委员会应该对包括这方面在内的情况进行彻底调查。

那么为什么会发生这种事故呢？

在发生这种事件时，我们首先会考虑到是检验师工作的疏忽。他将实际"未见异常"的标签贴在了含有癌细胞的标本瓶上，而将"可见癌细胞"的标签贴在了正常人的标本瓶上。

当然,这里未必存在什么恶意,但仔细想来却令人感到十分恐怖。

虽说检验师不至于一边哼着歌一边操作,但仍有可能是在注意力不集中的懈怠状态中误贴了标签。

而这样的差错从根本上改变了A的命运。不,不仅是A,或许连B的命运都被改变了。

提到医疗事故,人们一般都会认为是医师失误所导致的。其实,在医师的背后还有很多检验师在工作,而那些检验师的技术和判断往往可以决定患者的命运。

这些情况不太为众人了解,但实际上医师总是根据检验师送来的数据进行确诊,然后拟定治疗方案。

如果在这个最基本的环节出了差错,那么之后的所有步骤都必定是错误的。

在大医院里,每天都要做成百上千例的生化检验。而且,这些检验小到血型鉴定,大到癌细胞病理诊断,可谓千差万别。

那么,这些项目的检验鉴定全都会准确无误吗?鉴定的结果全都被准确地区分并贴好对应的标签了吗?

只从表面看此次事件,似乎就是检验师的过失。

比如,许有的医师会借此辩解:"因为我们不知道病检结果出了差错,所以只能靠数据来实施治疗。"

但是,既然发生了医疗事故,那么医师也不能逃避责任。

这是因为,从职务高低来讲,医师处在检验师之上。即使差错出在检验师身上,医师也有组织领导和监督的责任。

除此之外,作为医师不仅要熟知各项检查结果,还要掌握该患者全身的相关信息,并据此做出诊断报告。

比如提到的此次事件,就算病检报告表明是"癌症",医师也应该能够根据病人的相关状态和以前的检验结果提出质疑——癌细胞为什么会发展得如此迅速?

这样一来医师就会发现异常,并向检验师提出质询。

据我推测,那位外科医师肯定是机械地盲信了病检报告,并轻率地实施了手术。

近来,社会上将那种只靠检验数据给患者看病的医师称为"数据医生"。那位外科医师或许就属于这一类。

但作为一名医师首先要学会"看人"。医师应该用自己的眼睛观察患者,用自己的话语询问患者,并从各方面分析患者以前和当前的状况。然后在此基础上参考各项检查结果,最后做出综合性诊断。

医师只要把这些工作做好,应该就不会犯下那样的错误。

据说,近年来愿意进外科的医师逐渐减少,其原因是一发生什么事情就会惹上官司,很容易被卷入麻烦事当中。

但这话说得太荒唐了!

在担忧惹上官司之前,首先要努力做一个杜绝此类差错的医师才对!

看来,医学教育也是时候从根本上进行改革了。

夫妻不同姓难以实现

平成 18 年(2006 年)的政府预算案顺利通过了,可还有一个在 10 年前答询时被搁置的问题。

那就是夫妻可以自由选择是否同姓。

夫妻不同姓现已成为世界的主流。

过去,女性几乎全都守在家中专门从事家务和育儿工作。但如今已婚妇女中有 60% 都已走出家门在外工作。而且,其中还有很多女性从事社会性的重要工作。

可是,她们在结婚的时候必须改为夫姓。这样的法规太落后于时代的发展了。

实际上,我周围的女性编辑们在结婚之后依旧保留原来的姓氏继续工作,所以很多人都不清楚她们在户籍上的准确姓名了。

前几年，我与一位女编辑F去巴黎出差。在入住酒店之后，我忽然有事要联系她，就委托前台拨打她的电话，但却被告知酒店里没有叫这个名字的旅客。

因为刚刚在大厅分别，所以我觉得她不会不在。这时我才意识到，刚才我询问的姓名是她结婚前的姓名。

那么，她护照上的新姓氏是什么呢？我怎么都想不起来。

后来，我又提供了若干线索，例如她是日本女性，她在日本的住址是东京，她刚刚办过入住手续等，这才找到了她房间的电话号码，过程就是如此麻烦！

总而言之，如果让所有跟她一起工作的同事都得记住她在户籍上的姓名实在是太费劲了。

而且，她本人也肯定为自己的常用名与户籍名不同而深感困扰。

为了避免出现这种困扰，是不是应该认可夫妻不同姓呢？

这项工作未必需要特别多的经费预算，本来在国会上通过并修改民法即可。但是，连高喊改革的小泉首相在此事上都长期保持沉默，这实在令人费解。

据说，现如今在二三十岁的青年中，有80%的人都赞成夫妻姓氏的可选择制。这种可选择制具体是指，愿意选择夫妻不同姓的人就恢复自己的旧姓，而想选择夫妻同姓的人就继续随夫姓。总而言之，这是种可以自主选择的制度。

当然，女性中也会有人想在结婚时改为夫姓，因此这项制度极为自由，可以满足不同人的愿望。

其实，从整个世界来看，夫妻不同姓的欧洲国家有法国、西班牙、加拿大等，亚洲有中国和韩国等。而且，伊朗和沙特等伊斯兰国家中也有很多夫妻不同姓的国家。

除此之外，可选择姓氏的国家有英国、美国、德国、俄罗斯、澳大利亚等，发达国家几乎都是这样。

而与日本相同的夫妻同姓的国家有泰国、土耳其、奥地利等，数量极少。

日本自称是世界屈指可数的先进国家，并且实行男女同权和男女雇佣机会均等的法律，可主妇的姓氏竟然依旧归属于夫家！

当然，关于这一点，在此前的"法治审议会"上已有答询，并提出了夫妻可以自由选择是否同姓的纲要。

但是，政府与执政党一直未将这项修改方案提交国会审议，迄今已经过去10年。这是为什么呢？

这项制度得不到批准的最大原因，就是遭到了自民党大叔们的反对。

他们的理由是,一旦批准了这项修改案,日本自古以来的家庭制度就会崩溃,而且妻子出轨的概率也会增加。

如此这般,议员们都没有行动的迹象。而且,该党的众议院议员高市早苗也以"一旦批准夫妻不同姓,孩子就有可能多次改变姓氏"为理由表示反对。

然而,这也是歪理邪说。既然结婚了,夫妻双方就要竭尽全力地维持下去,这才是先决条件。如果维持不下去非离婚不可的话,就要向孩子交代清楚。

总而言之,与其无谓地考虑遥远的事情,莫不如现在就采取行动批准夫妻可选择不同姓氏的法案,为在现实中不堪困扰的人们排忧解难。

可是,居然有人说认可夫妻不同姓就会使家庭制度崩溃!尽管这话貌似有理,但是,该崩溃的家庭早已崩溃,而那种崩溃都是由于夫妻感情不和进而断绝关系所导致的,这种情况即使夫妻同姓也完全可能发生。

另外还有人说如果夫妻不同姓的话,妻子出轨的概率就会增加。这话简直愚蠢到令人无语。

那么,按照这个逻辑,如果夫妻同姓,妻子就不会出轨了吗?这种因果关系根本不可能成立,该出轨的人照样会出轨。

要不然就是某些人自己想出轨却不想让妻子出轨的杂念在作怪,所以才会反对夫妻不同姓制度。如果真是这样的话,那可就太无耻了。

服药的方法

那天,我与几个人一起吃饭。在用餐期间,有位总经理从小药包里取出了一些药片。他把红、黄、白等各色药片放在手掌上,在核对各色药片的数量之后,把它们全部扔进嘴里。

紧接着,他又一口气喝了不少水,然后才像完全放下心来似的点点头。

看来每个人服药的方式都各有不同。

就算各有不同,但药品包装上都已注明了服药的方法。虽说如此,也许并非所有人都按提示服药。

例如,药袋上明明写着"饭后30分钟",但有人偏偏只遵守"饭后"这一条,却不管"30分钟"的时限,刚吃完饭就马上服药。

除此之外,有些人还会忘记吃药,在吃完饭几小时后才想起来并慌忙补上。

通过服药方式能在一定程度看出一个人的性格,比如上述这种人的性格可能属于那种不拘小节的类型。但是,他们按这种方式服药,药效恐怕不会很好。

而与此相反,有的人一吃完饭就开始留意时间,30分钟一到就立刻服药。这种人的性格较为刻板,但如此过于神经质或许不利于治病。

说到这里,我想起自己以前当医师时有一次问患者:"你吃药了吗?"对方回答:"没吃。"

那是一位年龄大约70岁的气质优雅的阿婆。

我问她:"为什么不吃药呢?"她回答:"我没有食欲,不想吃饭。"

因为吃不下饭所以不吃药,这是什么道理?

我很纳闷,于是进一步询问,阿婆告诉我:"因为没吃饭就没有饭后,所以更谈不上饭后30分钟了。"

对于这样的患者,只能嘱咐他们不要在意饭后30分钟,哪怕没吃饭也要一天三次早、中、晚按时服药。

其实在医师的处方上写有"餐前""餐间""餐后"等各种提示是有相关依据的。

首先是餐后30分钟服药,是因为餐后经过30分钟胃里的食物已消化完毕,这样不会与药剂混合,药效受食物影响较小。

另外,此时胃内的胃酸量也相应减少,易于吸收药物成分。而且,由于胃部在较强的消化运动后血流量增加,所以吸收的药量也就更多。

如果不按提示而在刚吃完饭就服药,药物就会与胃内残留的食物混合,而且容易受到胃酸影响,还会直接与食物一起被送入肠道。

这样一来,需要在胃内吸收的药物就直接排入肠道,致使药效大大降低。

其次是"餐间",顾名思义是指在两餐之间服用药物。

如果按普通的早、中、晚三餐相隔5小时来计算,餐后两三个小时服药就是正确的做法。此时胃内食物完全排空,而且几乎不再分泌胃酸,所以适合服用不耐胃酸的中药和纯天然药物。

但是,在这方面也有理解错误的患者,我曾见过有人把药物和饭菜同时吃。

我问他:"为什么?"他说:"药袋上写着在用餐之间服用。"

他居然把餐间理解成了在吃饭时!虽说日语确实不容易掌握,但有些人的想法也真够奇怪。

再次是"餐前",这是指吃饭之前 30 分钟时服用药物。

这类药物大都是食欲增进剂和防止恶心的止吐药,但服用过早反倒不起作用。可虽说如此,也不能离用餐时间过近。

在日常生活中,我发现爱吃药的人相当多。

前边提到的那位总经理就是其中之一,因为他总是随身携带药物。我问他患有何病时,他说有心脏病、高血压,而且血糖值稍高,肝脏功能出现减退现象。

看样子他就像个"疾病百货店",可尽管如此,他却相当精神,而且还非常能喝酒。

对他这样的人来说,或许经常携带各种药物来服用是一种嗜好。

而另一方面,在现实当中真有给那种容易幻想自己生病的患者过度开药的医师。

如此这般,医师因为患者本人担心就多多开药。而患者拿到药就使劲吃,吃完又想去开药。于是,患者变成了一种服药狂,没有药吃就心神不定、坐立不安。

但是,我们千万不要忘记"是药三分毒"的警句。正因为是"毒",所以才能对某些脏器起到治疗的功效,而对其他脏器却产生毒副作用。

因此,我们应该尽可能不服用药物。

即使医院开了四天的药,如果一两天病就好了,那就应该停药。

说实在话,我自己尽量不服用药物,而像保健品那类极不靠谱的东西更是从来不吃。

如果身体稍有不适,我就只管躺下大睡。睡眠可以恢复体力,同时可以增强免疫力,而且不用花钱,所以堪称"一石三鸟"。

组建"安乐死研讨委员会"

在富山县的射水市民医院,发生了7名患者因终止维持生命治疗而死亡的事件。

此案目前尚需等待富山县警方的调查,结论究竟怎样尚未可知。

此次事件的背后隐藏着极为专业而复杂的问题。

首先追溯一下此次事件的经过。去年10月有位78岁的男性患者因脑梗死住院,一直处于昏迷状态。后来,担任主治医师的外科主任指示护士摘除了患者的人工呼吸机面罩。

院长听说后斥责了该医师,并立刻对其做出回家禁闭的处分,此外还自行调查了5年来的病历。

调查结果显示,迄今为止因摘除人工呼吸机面罩而死亡的晚期患者总共有7名。该院长立即向市长报告了相关事实,并在两天后向富山县警方报案,此事这才被曝光。

据说,那位院长与外科主任毕业于不同的大学,以前一直处于对立关系。这种情况在医学界确实可能发生。

虽说如此,但该院长处理此事的手法未免高明得有些异常。他前些天还在电视上规矩地鞠躬道歉,但此举却让人觉得像是企图规避此次事件的责任似的。

富山县警方对于此次事件会怎样处置目前尚不明确。

但是,根据以前的情况来看,在1995年曾发生过给晚期癌症患者服用氯化钾致其死亡的事件。那个东海大学的医师因此被判2年有期徒刑,缓期2年执行。

在同一年给患者服用氯化钾致其死亡的关西电力医院的医师和在1996年给患者服用肌肉松弛剂的国保京北医院的医师,虽然都被认定有杀人嫌疑并向检方递交了案件材料,但却被判不予起诉。在1998年,同样给患者服用肌肉松弛剂的川崎协同医院的医师一审被判3年有期徒刑,缓期5年执行,但此案仍在诉讼之中。在2004年,北海道的道立羽幌医院医师给已无自主呼吸的患者摘掉了人工呼吸机面罩,被认定有杀人嫌疑并向检方送交了案件材料,但后来检方也决定不予起诉。

当我看到这些报道时,首先感到的是对于那些案例的判定标准非常不清楚。

当然,检察官和法官都不是医疗专家,所以对这种案件很难做出准确判定。

而司法方面对实施安乐死规定的必要条件是:第一,肉体痛苦不堪忍受;第二,已经濒临死亡;第三,方法用尽无其他替代手段;第四,患者本人已表明希望安乐死的意愿。

但是,"肉体痛苦不堪忍受"是指哪种程度呢?"濒临死亡"又是指离死亡还有几天呢?而且,虽说需要患者本人表明意愿,但是对于已经失去意识的患者怎样征询其意愿呢?就算患者预先已经做好书面陈述,可是正在苦斗病魔的患者能够清楚表达意愿吗?

也许是因为日本人有爱说漂亮话的习惯,所以,与脑死亡的判定标准相同,有关安乐死的四项条件也是一拍脑门就给出的理想化标准。

一旦发生什么事故,只要符合这些标准或许就能免于问罪。然而,并非所有晚期患者都能符合这四项标准。

如果再说得俗一点,从医院方面来讲,对已无意识的患者进行长期治疗是最有利的事情。据说,在患者死亡前一个月即所谓终末期的医疗费,每年都高达1万亿日元左右。

而且对于医师来说,这种单纯维持生命的治疗也是最轻松的,并且可以不用负什么责任。

但这样下去的结果就是其他急需住院的患者没有床位,也无法在医院里得到积极的治疗。由于这个缘故,尽管相关方面发布了理想化的标准,可在现实中却出现了无视标准而随意实行安乐死的情况。

如此重大而迫切的问题还能继续搁置下去吗?如果不改变现状,夹在得过且过的院方与绝症患者之间的医师将更加烦恼。

因此,我有一个提议,希望可以在全国范围内建立类似"安乐死研讨委员会"的组织。

当然,该组织的成员应该包括内科医师、外科医师、脑外科医师和麻醉医师等专业医师,并且常驻关东、关西、北陆等各个地区。

当现场医师考虑实行积极的或消极的安乐死时,可以向该委员会提出申请并请他们直接对患者进行会诊。

而委员医师们则应约直达现场,聆听主治医师的说明并诊察患者的病情,然后与家属进行协商。如果在此基础上判定患者病情已无挽救的可能,主治医师即可以此为根据对患者实施安乐死。

当然,在这种情况下,主治医师已经得到委员会给出的明确结论,由此发生的行为都应该免于问责。

从今往后,老年人医疗的需求将急剧增加,对于已无意识且全身插满管子的患者,能够帮助他们从病魔的折磨中解脱的只有这个方法。

我认为,厚生劳动省应尽快联合医师协会及各大学附属医院着手建立这个组织。

樱花、樱花、樱花

樱花的盛开期即将结束。

今年樱花虽然开得较早,但因春寒持续,花期也有所延长。

不过,由于天气较冷且阴雨天较多,没多少机会可以尽情赏花。

每当樱花凋落时,我都会想起《古今和歌集》中的这首词:"春光无限好,熏风正和煦。唯叹樱花匆匆落,香殒何太急?"

这首词的寓意简单明了,而"樱花匆匆落"这一句则充分体现了樱花在凋落时心浮气躁的状态。

确实再没有比樱花更能煽动人心的花了。

当某棵樱树绽放出第一朵鲜花时,电视和报纸等媒体就开始报道。此后还会连续报道樱花五分开、八分开、全开的情形，而且还要轰轰烈烈地追踪樱花前线的动向。

在这段时期必定会出现风雨交加的天气，正所谓"花好偏遇风和雨"，也许此时的狂风暴雨是在嫉妒樱花的美丽。

如此这般，在人们还未来得及欣赏樱花全开的盛景时，它们就早早地随风飘落了。

由此，我们便不难理解日本平安时代的公卿纪友则吟叹"樱花匆匆落"时的心情。

虽说如此，但依然有人在残芳凋零时还心怀美感地对樱花依依难舍，可见樱花是何等含情脉脉的花啊！

小林一茶曾写过一首俳句，"岁数年年长，纵令樱花又开放，无心细观赏"，细细想来确实如此。

但是，只有到了樱花凋落的时候，温暖的春日才会姗姗而来。

眼下，我从书房看到的樱花也在春阳中从容不迫地飘落。

说到落樱，我想起了在写作小说《失乐园》时，为了寻找能看到落樱花瓣飘进窗口的房间，那可真是费了一番工夫。

在旅馆房间里男欢女爱之后，女主人公衣衫不整地横卧在窗边，樱花的花瓣洋洋洒洒地飘落在她的肩头。我设定这个场景之后曾多方探访，直到在伊豆半岛的修善寺温泉街找到名叫"浅羽"的旅馆时才终于松了口气。

这里的露天温泉浴池旁也有几棵大樱树,花瓣飘落在大石块围绕的浴池水面时生趣盎然。

除了这个地方,我还发现了一个樱花花瓣可飘然入窗的日式房间,这个房间在京都高台寺附近的某座酒店里。那里的服务员曾经对我说过:"用吸尘器清理樱花花瓣实在太辛苦了!"

当然,樱花的幸与不幸也要取决于其生长的地点。

例如,生长在东京霞关那种楼宇间的樱花,不管它们怎样竭尽全力地绽放,因为只能夹在石板和水泥墙之间,所以会黯然失色。

与其相比,生长在千鸟渊的樱花则在绿荫和护城河的映衬下显得格外靓丽。

而京都的樱花之所以艳丽卓群,就是因为它们有上佳的景物陪衬。以东山等峰岭为背景,有松林和排柳在周围环绕,再加上到处都是古风古韵的神社寺院等建筑,使京都的樱花显得仪态万千。

阵阵花瓣雨飘落在哲学小道旁的溪流中,路上行人看得出神入迷。而在车水马龙、人潮熙攘的街道上,花瓣就只能被车轮和行人碾踏为尘了。

如果樱花有感情有思想的话,肯定会有很多樱花慨叹:

"既然生为樱花,宁愿长在京都的东山。"

虽说如此,但樱花除了艳丽卓群之外,还有一种妖冶瘆人的感觉。特别是夜晚的垂枝樱,若久久地凝视其树冠,就会觉得那树冠仿佛变成从天而降的血瀑,感觉浑身都被妖气所笼罩。

突然说这话似乎有点儿扫兴,不过,我小时候听到过一种说法——朝樱花树撒尿的男孩那个地方会肿胀起来。

这是真的吗?狂妄自大的我鼓起勇气试了一下,第二天那个地方果然肿了起来。幸亏几天以后就恢复了,吓得我都没敢对母亲说。

我的举动真的惹怒了樱花树吗?抑或是这是树根上蚂蚁们反击的结果?

不管怎样,从那以后我觉得樱花更加妖冶瘆人了。

如此说来,在摄制以我的原作《樱花树下》改编的电影时,我还曾向现场的摄影师问过这事儿。

有一次,他们要拍摄樱花盛开的画面。但花期未到,于是他们决定用摄影照明灯彻夜照射樱花树。结果,那棵樱花树真的提前开了花,但据说其后3年那棵樱花树连一朵花都没有开。

这是不是因为人类的粗暴做法激怒了樱树,所以它才故意不开花了呢?

不管怎样,今年这里的樱花盛景终于收场了,接下来就该东北地区的樱花登台了。

此时此刻,我又不禁想起了松尾芭蕉的俳句:"樱花能忆否,坎坷昔年殇故友,哪堪再回首。"

癌症医疗最前线

"做手术还是选个好日子吧。"

"您的意思是……"

"您的例假是什么时候?"

医师与患者之间居然会有这种对话!

以上所述并非医师在戏弄患者。

实际上,这样的对话在做手术之前是十分必要的。

例如在做乳腺癌手术时,患者的例假日期会影响到手术的效果。

具体来讲就是,在月经周期的前半期即卵泡期做手术与在后半期即黄体期做手术相比,后者的恢复过程会快得多。

这是英国等相关机构的研究成果。

根据该国的萨特博士等人的调查统计,在接受乳腺癌手术的96名患者中,在卵泡期接受手术的患者10年后的生存率为40%,而在黄体期接受手术的患者的生存率则为72%。

根据另一位博士芬特曼等人的调查统计,在接受乳腺癌手术的112名患者中,在卵泡期做手术的患者的生存率为45%,而在黄体期做手术的患者的生存率却是75%,差别非常明显。这个结果与萨特博士等人的研究大致相同。

以上的统计研究结果表明,女性接受乳腺癌手术的日期确实分为生存率较高的"吉日"和不太理想的"凶日"。

或许有人觉得这种事情太不可思议,但其实从很早以前就有一部分研究人员开始探讨并研究这个问题了。

之所以在不同时期做手术效果会不同,是因为在月经刚过的卵泡期雌激素分泌较多,而手术会使雌激素流入血液刺激癌细胞使之被激活。而且,雌激素虽然会配合卵泡期结束时的排卵以增强受精效果,但这将使人体的免疫力下降。

另外经研究表明,在免疫系统中起重要作用的自然杀伤细胞(NK细胞)的活性在卵泡期会降低。而在黄体期时,这种NK细胞则会增强活性。

因此综合以上研究,手术治疗乳腺癌最好是在患者月经结束后第12天到下次月经开始之前进行,这样就能大幅度提高生存率。

以前，做手术的日期全都由医师决定，而患者根本不能表达自己的意愿。

现如今，既然已经有了以上各种研究结果，那么患者也就可以说自己希望在哪一天做手术。

当然，医师是否能够直接采纳患者本人的意见另当别论，但这仍然具有一定的参考价值。

这些全新的医学知识已被写成简单易懂的文章，并由三五馆出版社编辑出版，书名是《癌症医疗的缝隙——30种可能性》，作者是昂星诊疗医院的院长伊丹仁朗先生。

伊丹先生自称是癌症医疗界的福尔摩斯，他经常勇敢地挑战被现代癌症医疗搁置的各种疑难问题。

在这本书的开头，他批评现代的癌症治疗是"烟管型"的治疗。

毋庸赘言，烟管的前端有个装烟叶的金属烟锅，中段是长管，另一端是金属烟嘴。如果将烟锅部分比作外科医师进行手术以及化疗等所谓的初期治疗的话，那么后端的烟嘴就是以单纯缓解疼痛和临终关怀为主的终末期治疗了。可是，类似于烟管中段管的这段时期，本应是防止癌症复发以及治疗复发癌症的重要时期，却一直被现代医疗忽视了。

那么，该如何改变这种极端失衡的状态呢？该书中介绍了"福尔摩斯先生"的各种独特方法。

例如,书中提出"为增强针对癌症的免疫力,进行适度运动效果较好"的观点,批评了此前只能绝对静养的治疗方法。另外,本书针对"在与癌症斗争的过程中应该吃什么及怎样吃"的问题,提出了经科学论证的膳食疗法。

此外,本书还提出了"与癌症斗争的过程中必须注射感冒疫苗""抗癌药缓慢而少量地使用效果较好"等很多富于启发性的见解。

以上内容都写得通俗易懂,即使非医学专业的患者也能看明白,而且全书的内容极具科学性与说服力。

因此,我将这种方便专业医师与患者沟通的书称作"桥梁之书",而此书确实是这方面具有典型性的优秀作品。

曾为医师的我读了这本书也获益匪浅,所以特此向大家介绍。

《卡萨布兰卡》中的男人和女人

据说,著名电影《卡萨布兰卡》的剧本在历代优秀电影剧本中被选为最优剧本。

这个奖项是由全美9500名电影电视等剧本的作家组成的全美编剧协会评选出来的,紧随其后的第二名是《教父》,然后是《唐人街》和《公民凯恩》。

电影《卡萨布兰卡》在二战之后不久就被引进日本,是迷倒众多观众的名作。

相信有很多读者都知道,本片的背景是1940年的法属摩洛哥的卡萨布兰卡市。

当年,欧洲各地有很多人逃离了自己的国家以躲避纳粹的铁蹄,摩洛哥北部的城市卡萨布兰卡成了从欧洲到美国的重要中转站。因此很多人为了去美国而聚集于此。

在巴黎失恋后辗转来到这座城市经营夜总会的里克,遇到了被纳粹特工追捕的抵抗运动的领导人。而那位领导人的妻子就是里克在巴黎时热恋的伊尔莎。

两人对这次邂逅十分惊讶,心情激动地讲述了各自的境遇。

伊尔莎的丈夫遭到纳粹特工的追捕,所以希望尽早离开此地前往美国,却苦于拿不到出境许可证。

在这种紧迫的情况下,里克与伊尔莎曾多次密会相商。

在这部电影的各个场景中都镶嵌着特别俏皮的台词,例如里克与某个女子的对话。

女子问:"昨晚你去哪儿啦?"里克回答:"对于遥远的过去的事情,我已经不记得了!"

女子问:"今晚能见到你吗?"里克回答:"对于遥远的将来的事情,我还没做打算呢!"

本片台词中最著名的就是里克对伊尔莎说的这句话——为你的美眸干杯!

这确实堪称爱情道白的第一位。

我也很想尝试使用这句经典道白,于是鼓起勇气向正在交往的女性说了出来,可对方却只说了句"你真傻"。

《卡萨布兰卡》的男女主演是亨弗莱·鲍嘉和英格丽·褒曼。

歪戴礼帽、身穿风衣的鲍嘉与拥有楚楚动人的美眸的褒曼真是最般配的浪漫组合。

另外,在两人每次见面时的配乐《任时光流逝》(As Time Goes By)也迷倒了众多年轻人。

在那个时期,大家常常会用这首乐曲伴奏跳贴面舞。

在20年前,我曾去过卡萨布兰卡,那家"里克的酒吧"依然存在。

这部电影在日本红极一时,据说石原裕次郎主演的《夜雾啊,今晚也要谢谢你》就是《卡萨布兰卡》的日本翻版。

1944年,《卡萨布兰卡》在美国获得了奥斯卡金像奖,当时正值太平洋战争期间。也就是说当日本在各地进行悲惨的战争时,美国却摄制了如此浪漫的电影名作。

我在这里想着重探讨一下《卡萨布兰卡》里的男人与女人,不知大家对这部影片中表现出的男女关系如何看待。伊尔莎在里克的酒吧与他邂逅并频频密会,沉浸在巴黎的回忆之中。然而,这个女人的真实愿望却是跟丈夫一起去美国。可是,她必须请求人脉较广的里克搞到出境许可证。也就是说,这个女人既念旧情又有自己的打算。

当然,男人对此也心知肚明。但在多次会面并说出"为你的美眸干杯"时,他的心却再次被女人吸引。

不过，男人最终还是违心地为女人搞到了两份出境许可证。

观众们都陶醉于男人无私的爱和这种浪漫主义。因为男人虽不能从中得到任何好处，却仍然为女人尽心尽力。那个男人的大爱令观众为之感动。

最后一幕是在夜晚的飞机场，搭载着女人和她丈夫的客机在轰鸣声中飞向天空。

里克目送飞机远去，他那孤寂的背影令人哀伤不已。

不过，为此场景陶醉的主要是男人们。

因为当我问女性们遇到这种情况时是否也会那样做时，几乎所有的女性都回答"No"。

其实只要把那个男人与那个女人调换一下位置就会明白。

例如女主角独自经营着某家店铺，突然有一天她的前男友带着一个女人出现。而且，前男友与这个女人已经结婚，现在要一起逃到美国去。

在这种时候，单身的女人会为前男友夫妻冒险搞到出境许可证然后让他们逃走吗？

"绝对不会有哪个女性那样做。"某位女性如此喃喃自语。

我认为这位女性的喃喃自语正是女性们真实的心理

写照。

可是,与女人们相反,男人总是恋恋不舍地做着旧时美梦。

这部既甜美又苦恼的爱情名作,也是建立在男人自以为是的浪漫主义和忠厚老实的原点之上。

可以说,无论在当时还是现在,男女之间的差异都是永恒不变的。

观看宝冢歌舞剧

时隔多年，我再次去东京的宝冢剧场。

明确地讲，应该是时隔 20 多年。

上次看的是《凡尔赛玫瑰》，而这次也是同样的剧目。

这部作品无论在当年还是现在，都是宝冢剧团的成功之作。

此次观看宝冢歌舞剧是出于偶然的机缘。

小川甲子——说到这个名字或许知道的人不多。她是宝冢剧场的经理，曾经也是宝冢歌舞剧团的大明星。如果说到甲锦，过去的粉丝应该都会想起她。

时隔许久，我在银座的酒吧又见到了这位小川女士。她对我说"来看一场宝冢歌舞剧吧"，我便欣然应邀前往。

时隔 20 年再次看到宝冢，一切都那么富有新鲜感。

首先,东京宝冢剧场在5年前完成了改建和扩建工程,并且装修一新。入口大厅的天花板上枝形吊灯交相辉映,观众通过红地毯走向梦幻世界。观众席总共有2069个座位,真是名副其实的大剧场。

据说,这里的女厕所在全国的剧场中也是最多的。因为女性宝冢迷占据压倒性的多数,所以这也是理所当然的了。

我试着找了找男观众,在女观众群中倒也能零零散散地看到几个。

众所周知,《凡尔赛玫瑰》这部剧目的舞台是法国大革命前夕的凡尔赛宫,描写的是奥斯卡与安德烈在激烈动荡的大革命时代的热恋物语。

此次公演,女主人公奥斯卡由朝海光扮演,男主人公安德烈由贵城惠扮演,杰尔吉将军由星原美沙绪扮演,将军夫人由矢代鸿扮演。而我喜欢的则是扮演卫兵队班长的水夏希。

总而言之,舞台装置和演出服装都很豪华绚烂。演出节奏也把握得很好,看了3个多小时的演出都感觉意犹未尽。

此剧目自1974年初次演出以来,经过千锤百炼,且剧团在表演上不断精益求精,至今为止观众已超过400万人。我们确实不能不赞叹其成就之辉煌。

那么,宝冢歌舞剧团以及《凡尔赛玫瑰》为什么如此受到女性的欢迎呢？

我一边看演出一边思考这个问题，或许最大的原因就是那些故事都不具有真实性。

我想有很多人都知道，这位主人公奥斯卡其实是护卫王族的贵族伯爵家的第六个女儿。她的父亲以希伯来语中表示"神与剑"的"奥斯卡"给她命名，并将她作为男孩来培养。

这位奥斯卡终于成长为一位剑术高手。过了不久，她对忠实于自己的安德烈情有独钟，而安德烈也爱上了她。

但是，在君主封建专制倾覆、法国大革命爆发的同时，奥斯卡舍弃了贵族地位，她率领王宫卫队士兵奔赴巴黎，与国王的军队激烈战斗。安德烈在双方混战中阵亡，奥斯卡随后也被敌方击中殒命沙场。

在凄美而可悲的结局中，奥斯卡与安德烈在天堂再次相会，在玻璃马车中紧紧相拥宣誓永远相爱。

以上就是本剧的故事梗概。明确地讲，这里几乎完全没有真实感。

真可谓彻头彻尾的虚构，或者说就是极尽唯美打造的梦幻物语。

但是，正因如此，年轻女性和大妈们才会耗费足足3个小时，在远离现实的梦幻世界中游逛，尽情享受那种华丽的世界。

此时,我又想到前不久在大妈们中曾掀起狂潮的"裴勇俊热"。或许就是因为裴勇俊极尽温柔俊美且毫无真实感,所以大家才能心安理得地尽情欣赏。

说实在话,男人们恐怕不会像女人们那样陶醉于宝冢剧场的梦幻当中。

因为宝冢剧场的所有故事情节和每句台词都极度夸张且甜腻过度。

我认为世上根本不可能发生这种荒唐无稽的故事。不过,男人倒也能从这台演出中找到乐趣。

首先,舞台上会有很多年轻美女接连不断地登场。

当然,她们全都是宝冢歌舞剧团的明星,所以能歌善舞、身姿优美。

除此之外,舞蹈表演也相当华丽精彩,几十个人排成几排一齐跳舞是整场演出的最后高潮。

如此说来,我在二十多岁被前女友甩了之后,曾经信步走进有乐町的日本剧场。我在观看舞台上众多女性排成几排一齐跳舞时就下定决心放弃女友——世上像这样的好女子这么多,我又何必留恋那种女人。

因此,我也建议现在正处于失恋中的男人一定要去看看宝冢的演出,真的可以转换心情。

对了,除此之外,中老年夫妻也应该一起去看看。

只要老公说声"去看看宝冢吧",太太肯定会立刻回答"OK"。

对于闷在家里的丈夫们来说,只要看到那种华丽精彩的演出就能精神振奋。舞台上有那么多美女踢腿跳舞,看过之后毫无疑问能变得年轻许多。

而且,在看过演出之后夫妻还能重新展开对话:"那段戏真不错!那个演员好棒!"

"爱永远甜甜蜜蜜,爱永远自强不息,爱永远至尊珍贵……"

如果夫妻还能一起合唱这首歌,或许就能把眼前的爱情倦怠期一扫而光。

后　记

　　这部随笔集收录了从2005年5月到2006年5月在《周刊新潮》上连载的文章。

　　时至今日再评论一年来发生的事情，确实不免有种事后诸葛亮的感觉。不过，这些都是经我个人思考总结的心得。

　　各位读者对这一年又是怎样回顾和思考的呢？如果大家能在阅读此书时顺便好好回顾过去的一年，我将感到十分荣幸。

渡边淳一

图书在版编目（CIP）数据

恋爱是一场革命 /（日）渡边淳一著；侯为译．—
青岛：青岛出版社，2020.5
　　ISBN 978-7-5552-8996-8

Ⅰ．①恋…Ⅱ．①渡…②侯…Ⅲ．①随笔 – 作品集
– 日本 – 现代Ⅳ．① I313.65

中国版本图书馆 CIP 数据核字（2020）第 035119 号

あとの祭り　恋愛は革命 by 渡辺淳一
Copyrights：©2006 by 渡辺淳一
This edition arranged through OH INTERNATIONAL CO. LTD.
Simplified Chinese edition copyrights：2020 by Qingdao
Publishing House Co., Ltd.
All rights reserved.
简体中文版通过渡边淳一继承人经由 OH INTERNATIONAL 株式会社授权出版
山东省版权局著作权合同登记号 图字：15-2017-237 号

书　　名	恋爱是一场革命
著　　者	[日]渡边淳一
译　　者	侯　为
出版发行	青岛出版社
社　　址	青岛市海尔路 182 号（266061）
本社网址	http://www.qdpub.com
邮购电话	13335059110　0532-68068026
策　　划	刘　咏　杨成舜
责任编辑	张姗姗
封面设计	祝玉华
照　　排	青岛佳文文化传播有限公司
印　　刷	青岛新华印刷有限公司
出版日期	2020 年 5 月第 1 版　2020 年 5 月第 1 次印刷
开　　本	大 32 开（880mm×1230mm）
印　　张	7.125
字　　数	110 千
印　　数	1-5000
书　　号	ISBN 978-7-5552-8996-8
定　　价	35.00 元

编校印装质量、盗版监督服务电话　4006532017　0532-68068638
本书建议陈列类别：日本　畅销　随笔